칼과 입술

■ 이 도서의 국립중앙도서관 출판예정도서목록(CIP)은
서지정보유통지원시스템 홈페이지(http://seoji.nl.go.kr)와
국가자료공동목록시스템(http://www.nl.go.kr/kolisnet)에서 이용하실 수 있습니다.
(CIP제어번호: CIP2016014193)

칼과 입술

우리를 살게 하는 맛의 기억 사전

윤대녕

마음산책

윤대녕

1962년 충남 예산에서 태어나 단국대 불문과를 졸업했다. 1990년 『문학사상』 신인상을 수상하며 작품 활동을 시작했다. 소설집 『은어낚시통신』 『남쪽 계단을 보라』 『많은 별들이 한곳으로 흘러갔다』 『누가 걸어간다』 『제비를 기르다』 『대설주의보』 『도자기 박물관』, 장편소설 『옛날 영화를 보러 갔다』 『추억의 아주 먼 곳』 『달의 지평선』 『미란』 『눈의 여행자』 『호랑이는 왜 바다로 갔나』 『피에로들의 집』, 산문집 『그녀에게 얘기해주고 싶은 것들』 『이 모든 극적인 순간들』 『사라진 공간들, 되살아나는 꿈들』 등이 있다. 오늘의 젊은 예술가상, 이상문학상, 현대문학상, 이효석문학상, 김유정문학상, 김준성문학상을 수상했다. 현재 동덕여대 문예창작과 교수로 재직 중이다.

칼과 입술

1판 1쇄 인쇄 2016년 6월 15일
1판 1쇄 발행 2016년 6월 20일

지은이 | 윤대녕
펴낸이 | 정은숙
펴낸곳 | 마음산책

편집 | 이승학 · 최해경 · 김예지 · 박선우   디자인 | 이혜진 · 이수연
마케팅 | 권혁준 · 김종민   경영지원 | 이현경

등록 | 2000년 7월 28일(제13-653호)
주소 | (우 04043) 서울시 마포구 잔다리로 3안길 20
전화 | 대표 362-1452 편집 362-1451   팩스 | 362-1455
홈페이지 | http://www.maumsan.com
블로그 | maumsanchaek.blog.me
트위터 | http://twitter.com/maumsanchaek
페이스북 | http://www.facebook.com/maumsanchaek
전자우편 | maum@maumsan.com

ISBN 978-89-6090-270-1 03810

* 책값은 뒤표지에 있습니다.

고마운 이여,
나는 너의 그 푸르른 힘을 빌려
간신히 그 시절을 지나왔다.

책머리에

이 책의 초판본은 『어머니의 수저』라는 제목으로 2006년에 출간되었다. 나는 '어머니'에게 바치는 형식으로 썼는데, 지금까지 나의 어머니는 이 책을 읽지 못한 채 늙어가고 있다. 내가 책을 보여드린 적이 없기 때문이다.

출판사로부터 새 책으로 내보면 어떻겠느냐는 연락을 받고 나서 나는 얼마간 망설였다. 당시 나는 캐나다에 체류 중이었고 장편소설 쓰기에 매달리고 있어 아무래도 경황이 없었다. 그럼에도 출판사의 의견을 받아들인 건 나의 어머니가 아직 살아 계시기 때문이었을 것이다.

가끔 전화가 오갈 때마다 팔순이 넘은 나의 어머니는 더 이상 입맛이 없다며 국수나 죽으로 끼니를 대신하고 있다고 말했다. 또한 육신의 옷을 벗어놓고 그만 하늘의 별들 사이로 돌아가고 싶다고 했다. 나는 왜 자꾸 그런 말씀을, 이라 되받고는 더 이상 말을 잇지 못했다. 그런 날은 나도 국수를 삶아 먹었다. 다시마와 멸치를 넣고 육수를 푹 우려낸 다음, 고명으로 쓸 김치나 애호박과 새우젓을 볶아 천천히 국수를 먹으며 어머니가 이 세상에 좀 더 살아 있어주기를 마음속으로 빌었다.

작년 한 해, 꼬박 일 년을 북미北美에서 지내는 동안 참 많이도 내 손으로 음식을 만들어 먹었다. 일주일 간격으로 한인마트에 들러 장을 봐왔으며, 여행 기간을 빼놓고는 단 하루도 주방을 떠난 적이 없었다. 대개 한식을 조리해 먹었는데, 모국에서 먹던 음식과는 매번 느낌이 달랐다. 재료의 부족이나 차이도 있겠으나 마음이 늘 모국 어딘가를 헤매고 있었으므로 번번이 얼기설기한 음식이 되고 마는 것이었다.

제주도가 가장 그리웠고 그다음엔 통영과 부산과 여수와 속초가 늘 눈앞에 어른거렸다. 모국에서 먹던 해산물을 북미에서는 좀처럼 구하기가 힘들었다. 차를 몰고 항구 어시장에 찾아가봐도 활어는 광어와 가자미 정도였고 나머지는 다 냉장(동) 상태였다. 그나마도 그 형태를 알아볼 수 없게 죄 포를 떠서 대개 스테이크용으로 팔았다. 그래서 나는 틈이 날 때마다 바다로 나가 생선이나 게를 잡아다 먹곤 했다. 그러나 그것도 한두 끼일 뿐, 주식은 역시 한식일 수밖에 없었다. 늘 어딘가 조리가 잘못된 듯한, 무언가 분명히 빠진 듯한 음식.

귀국하자마자 나는 어머니를 찾아가 된장찌개로 저녁을 먹었다. 그날은 어머니도 국수나 죽이 아닌 밥을 드셨다. 그리고 실로 오랜만에 한 방에서 잠을 잤다. 나는 잠결에 꿈인 양 그녀의 손을 더듬어 잡아보았다. 그녀는 모른 척 내게 손을 맡겨두고 있었다.

　다음 날 나는 통영으로 내려갔고 이후 부산과 여수와 속초에도 다녀왔다. 그리고 끼니마다 주로 해산물을 먹었다. 제주도행을 뒤로 미뤄둔 건 올여름을 그곳에서 보내고 싶어서였다.

　이 책이 나오면 이번에는 어머니에게 먼저 갖다드릴 생각이다. 한번 읽어보시라고. 나중에 두고두고 후회하는 일이 없도록 말이다.

2016년 6월

윤대녕

차례

책머리에   6

처음의 맛

동침하는 부부 **수저**   17

이동하는 식탁 **한식**   24

묵힌 맛

어머님이거나 부처님 **된장**   33

달항아리의 얼룩 **간장**   41

떡볶이와 붉은 악마 **고추장**   46

살아 있는 맛

신성한, 너무나도 신성한 **소**   55

죽어서도 돈을 먹는 짐승 **돼지**   61

브리짓 바르도에게 **개**   69

그대, 날기를 영원히 포기했는가 **닭**   77

오랜 풍경의 맛

　　공자가 콧등을 찌푸린 까닭은? **김치**　　　　89

　　독 속에 은둔하는 자들 **장아찌**　　　　　　98

　　어머니의 짠 젖 **젓갈**　　　　　　　　　104

물고기의 맛

　　사람을 널리 이롭게 하다 **명태**　　　　　115

　　그 푸른 힘으로 **고등어**　　　　　　　　122

　　칼과 입술 **갈치**　　　　　　　　　　　129

　　살구꽃 필 때 울면서 북상하다 **조기**　　　136

장소의 맛

　　경주에서 고래고기를 먹다　　　　　　　149

　　제주도의 맛　　　　　　　　　　　　　158

　　내가 대전에 가는 또 다른 이유　　　　　184

시간의 맛

섬진강의 봄 199

섬진강의 가을 208

봄밤에 찾아간 곳들 217

함께의 맛

황복 먹고 배꽃을 보다 231

그의 칼 솜씨 242

마시는 맛

그 뜨거움과 차가움에 대하여 **소주와 맥주** 255

그 탁함과 맑음에 대하여 **막걸리와 청주** 265

끝의 맛

생선회들 279

어머니와 함께 먹고 싶은 음식 290

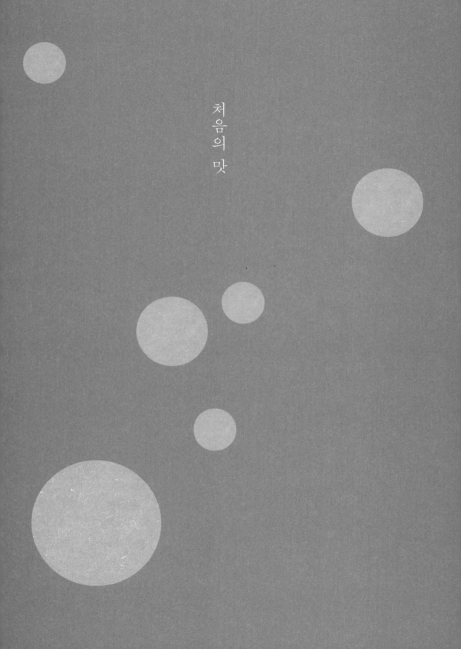

처음의 맛

오 밤이여,

어머니 젊으실 적 얼굴이여!

밥상에 놓여 있는 수저를 보노라면 사람의 몸과 닮았다는 인
상을 지울 수가 없다. 젓가락은 두 다리를, 숟가락은 얼굴과 닮아
있는 것이다. 원래는 한 몸이었다가 각기 반으로 나뉜 것처럼 보
이기도 한다. 이때 숟가락은 여성을, 젓가락은 남성의 이미지와
기호를 내포한다.

서로 다른 기능을 수행하지만 젓가락과 숟가락이 추구하는 바
는 궁극적으로 같다. 일심동체로서의 부부처럼 말이다. 받침대
위에 나란히 놓여 있는 수저를 보라. 마치 금슬 좋은 부부가 베개
를 베고 사이좋게 누워 있는 것 같지 않은가.

수저는 중국에서 최초로 사용하였다고 알려져 있다. 기원전
10~6세기의 시가를 모은 『시경』에 숟가락과 관련된 기록이 처
음 나오고, 젓가락은 이백 년쯤 뒤인 춘추전국시대에 와서야 비로
소 사용하기 시작했다고 한다. 그렇다면 우리나라는 언제부터 수
저를 사용했을까? 숟가락은 청동기시대의 유적인 '나진 초도 조개
무지'에서, 젓가락은 '공주 무령왕릉'에서 처음 출토된 것으로 기록
돼 있다. 중국보다는 다소 늦은 편이지만 수저의 사용은 우리가 막
연히 짐작하던 것보다 상당히 오래됐음을 알 수 있다.

오래전 독일을 여행하는 중에 나는 베를린 어느 일식집에 들어가 청주와 함께 생선회를 먹은 적이 있었다. 종업원이 서비스로 검은 종지에 연어알과 날치알을 따로 내오면서 작은 스푼까지 갖다주었다. 구태여 스푼을 쓸 필요가 없었으므로 나는 손에 들고 있던 젓가락으로 생선알을 집어 먹었다.

어느 순간부턴가 나는 건너편 테이블에 앉아 있는 독일인 노신사가 나를 훔쳐보고 있음을 눈치챘다. 눈이 마주치자 노신사는 내게 야릇한 미소를 지어 보였다. 좀 더 시간이 지나고 나서야 나는 전후 사정을 파악했다. 내가 젓가락으로 생선알을 집어 먹을 때마다 그는 경이에 찬 시선으로 나를 바라보는 것이었다. 나는 그를 놀릴 셈으로 날치알을 딱 하나만 집어 이마 위로 들어 보인 다음 천천히 입으로 가져갔다. 그러자 그가 난데없이 엄지손가락을 들어 보이는 게 아닌가!

계산을 하고 밖으로 나가는데 출입문 앞에서 마침 노신사와 마주쳤다. 그가 조심스럽게 내게 영어로 물어왔다.

"일본인입니까?"

거의 확신에 가까운 말투였다. 독일인은 일본인에게 매우 관대한 편이다. 경험을 통해 여러 번 느낀 사실이다. 우선은 일본 문화에 대한 극단적인 호기심 탓이겠지만, 그 이면에는 전범으로서의 공감대도 작용하고 있는 게 아닐까 싶다. 나는 한국인이라고 그에게 말해주었다. 그는 얼굴을 붉히며 재빨리 사과했다.

"괜찮습니다. 여긴 일본음식점이니까요."

점잖게 대꾸해주고 나왔지만 기분은 그다지 유쾌하지 않았다.

젓가락의 '가락'은 손을 뜻한다. 반지의 옛말이 '가락지'였던 것과 의미가 상통한다. 말하자면 손의 연장이며 일부라고 할 수 있다. 젓가락은 집고, 찍고, 찢고, 자르고, 옮기는 다섯 가지 역할을 수행한다. 손가락이 다섯 개인 것과 이치가 같은 걸까?

젓가락을 사용하기까지는 오랜 훈련과 습득의 과정이 필요하다. 젖을 뗀 뒤부터 아이는 당장 젓가락질부터 배우지 않으면 안 된다. 엄연한 통과의례의 하나라고 볼 수 있다. 심지어 젓가락질을 배우는 속도에 따라 손재주의 여부를 미리 평가받는다. 아무리 성인이라도 서양인은 동양인, 특히 한국인의 젓가락 솜씨를 따라올 수 없다. 어렵사리 젓가락질을 배웠다 해도 한국인처럼 다섯 가지 기능을 자유자재로 쓰는 경우는 지극히 드물다. 서양인이 젓가락질을 배우고자 하는 이유는 말할 것도 없이 동양 음식을 먹기 위해서다. 물론 한식이나 일식보다는 중식인 경우가 더 많다. 세계 어느 나라를 가더라도 중국음식점은 반드시 존재하게 마련이니까.

한편 숟가락의 '숟'은 쇠에서 온 말이다. 그러므로 숟가락은 '쇠로 만든 손'이란 뜻이 되겠다. 숟가락은 동서양을 통틀어 가장 오래된 식사 도구로 알려져 있다. 최초의 숟가락은 북두칠성 모양이었으며 솥에서 고기를 건져내기 위한 국자로 사용됐다고 한다. 지금과는 모양새와 쓰임새가 달랐다는 얘기다.

우리나라의 경우도 삼국시대를 지나면서 숟가락의 모양이 조금씩 달라졌다고 학자들은 말한다. 삼국시대의 숟가락은 자루가 길고 주걱처럼 국을 뜰 수 있는 형태였는데, 고려시대에 와서는 이른바 '유엽연미형柳葉燕尾形'으로 변했다. 밥을 뜨는 부분은 버드나무 잎새 모양으로, 자루 뒷부분은 제비꼬리 모양으로 좀 더 세련되게 변한 것이다. 오늘날과 가까운 형태가 된 것은 조선시대부터라고 한다.

수저의 사용은 한중일 세 나라가 오랫동안 공유해온 문화다. 그러나 현재 숟가락을 젓가락과 같은 비중으로 사용하는 나라는 한국이 유일하다. 한국인에게 수저는 특별히 '한 벌'이라는 이름으로, 따로 떼어놓을 수 없는 일체성을 갖는다. 중국과 일본은 음식 문화의 변화에 따라 지금은 거의 젓가락만 사용하고 있다. 여전히 숟가락이 작은 형태로 남아 있으나 그것은 어디까지나 스푼처럼 보조 도구에 불과하다. 크기뿐 아니라 길이도 젓가락에 비해 한결 짧다. 이렇게 된 데는 그럴 만한 이유가 있다.

우리는 밥과 국을 떠먹을 때 숟가락을 사용하지만 중국인과 일본인은 밥도 젓가락으로 먹는다. 손에 그릇을 들고 젓가락으로 밥과 국을 함께 먹는 것이다. 그러나 우리는 그릇을 들어 입으로 가져가는 행위를 금기시한다. 그러므로 숟가락을 쓸 수밖에 없는 것이다.

중국은 명나라 때부터 쌀이 보편적으로 재배되기 시작하면서 숟가락보다 젓가락을 많이 사용하게 되었다고 한다. 또한 중국인은 국이나 찌개 대신 일상적으로 차를 마시기 때문에 숟가락의 퇴조를 부추겼다는 설도 있다. 과거 일본에서는 왕족만이 숟가락을 사용할 수 있었다. 숟가락이 신분의 상징이었던 셈이다. 어느 일본 학자의 주장에 따르면 일본은 고대부터 쌀을 재배했기 때문에 굳이 숟가락을 사용할 필요가 없었다고 하는데, 과연 그럴까? 쌀의 품질만 놓고 본다면 어느 정도 일리가 있다고 생각한다. 일본의 동북 삼현아키타, 야마가타, 니가타에서 생산되는 쌀은 특히 품질이 좋기로 유명하다. 그쪽을 여행하면서 직접 경험해보니 과연 그렇다. 쫀득하고 고소하며 감칠맛이 아주 그만이다. 아마도 추운 지방에서 생산되기 때문일 터다. 동북 지방에서 과자(떡)와 청주가 발달한 이유도 같은 맥락으로 이해할 수 있으리라.

젓가락은 태국, 인도네시아를 비롯한 동남아 지역에서도 보편적으로 사용되고 있다. 이는 동남아 국가들이 대부분 중국 문화권에 속하기 때문일 것이다. 기름에 볶고 튀기는 조리 형태도 중국과 거의 같다. 그러나 동남아 어느 나라를 가봐도 우리가 쓰는 숟가락은 찾아보기 힘들다.

그렇다면 왜 우리만 유독 숟가락의 사용을 고집하는 걸까? 문전걸식이 일상의 과업인 거지도 허리춤엔 수저를 달고 있다. 혹 젓가락은 없더라도 숟가락이 몸의 일부로서 갖춰져 있다. 탁발승의 바랑 속에도 한 벌의 수저가 들어 있다. 그것은 밥보다는 차라리 법法을 구하기 위한 도구에 가깝다. 군인에게는 아예 젓가락이 주어지지 않는다. 그러나 숟가락은 반합과 함께 전투 품목으로 반드시 구비돼 있게 마련이다.

우리도 중국인이나 일본인처럼 젓가락만 써서 식사를 해결하면 안 되는 걸까? 그렇게 해도 물론 크게 상관은 없을 것이다. 하지만 우리 음식 문화에서는 젓가락만으로 해결되지 않는 그 무엇이 있다. 그 의문의 중심에는 역시 국과 찌개가 놓여 있다. 국그릇이라면 몰라도 뜨거운 뚝배기를 손에 받쳐 들고 젓가락으로 퍼먹을 수는 없는 노릇이다. 근본적으로 우리에게 숟가락이 필요한 이유다.

　우리의 밥상은 겸상의 형태를 기준으로 하다. 즉 함께 먹는 것을 전제로 한다. 각자의 밥그릇 옆에는 국과 수저가 놓이고 주변부에 반찬을 배열한다. 그리고 밥상 한가운데에는 보통 찌개가 놓인다.

　전통 한식은 오색五色, 오미五味, 음양陰陽의 조화를 추구한다. 그러므로 한식 밥상은 축소된 우주의 형태라고 할 수 있다. 옛날에는 찌개 대신 장 종지가 밥상의 한가운데에 놓였다. 그 자리가 우주의 중심옴파로스이라고 생각했던 것이다.

　우리가 흔히 한정식이라고 할 때 그것은 조선시대 양반 문화의 밥상을 일컫는다. 3첩 반상—5첩 반상(서민 밥상), 7첩 반상—9첩 반상(양반 밥상)이라는 구분도 여기에서 비롯한다. 궁중 음식은 12첩 반상이 기준이었다고 한다.

　한식을 얘기하면서 먼저 주목할 게 있다. 한옥 구조에는 식당이 따로 존재하지 않는다는 사실이다. 그러므로 부엌에서 밥상을 들고 방이나 마루로 옮겨야 한다. 이윽고 식구들이 다 모여야만 비로소 부재하던 공간이 생겨난다. 방과 마루가 갑자기 식당으로 변하는 것이다.

　한식은 밥과 국과 찌개와 반찬이 한꺼번에 담겨 나온다. 반대

로 서양식은 수프—채소—메인—디저트—차의 순서로 음식이 나
온다. 그런데 놀랍게도 중국의 음식 문화가 바로 이러하다. 둥그
런 식탁에 둘러앉아 가운데 설치한 원반을 돌려가며 각자 뷔페
식으로 접시에 음식을 담아 먹는다. 중국음식이 서양 사람들에게
갈등 없이 받아들여진 이유가 바로 여기에 있다. 서양과 마찬가
지로 중국은 정해진 공간(식당)에 의자와 식탁이 준비돼 있으며
식사법 또한 같은 것이다.

일본에는 일인용 밥상이 흔히 존재한다. 가마쿠라시대에 도입
된 불교 선종의 영향 때문이라고 한다. 채식 위주의 이 음식 문화
는 기본적으로 한 사람이 상을 하나씩 받는 형태였다. 무사 계급
도 당연히 일인용 밥상을 사용했다. 이른바 '사무라이 정신'이라
는 것도 불교 선종의 영향을 받았기 때문이다.

과거에 나는 일본 아키타秋田의 온천지대에서 한 달을 보낸 적
이 있다. 봉건시대 영주가 쓰던 별장을 여관으로 개조한 목조 건
물에서 지냈는데, 밥때마다 식당으로 쓰이는 다다미방에 들어가
면 방을 빙 둘러가며 일인용 밥상이 미리 차려져 있었다. 다들 유
카타 차림으로 무릎을 꿇고 묵묵히 밥을 먹었다.

목욕 후에 유카타 차림으로 밥을 먹는 것이 그들의 전통적인

식사법이었다. 물론 나는 한국인이므로 양반다리를 하고 앉아 밥을 먹었다. 이렇듯 일본에서는 가족이 아닌 이상 여전히 일인용 밥상을 쓰는 경우가 대부분이다.

중국인과 일본인이 손에 그릇을 들고 밥 먹는 모습을 보면 한국인은 대개 눈살을 찌푸린다. 점잖지 못하다는 뜻이다. 반대로 밥상에 머리를 숙이고 식사를 하는 한국인을 보면 중국인과 일본인은 동물들이나 그렇게 먹는 것이라며 비아냥거린다. 이는 말할 것도 없이 문화 차이 때문이다. 그 차이는 갈등의 원인으로 작용할 뿐만 아니라 극복하기가 여간 힘든 게 아니다. 이런 차이를 두고 프랑스의 인류학자 클로드 레비스트로스는 명료하게 핵심을 짚어 얘기했다.

문화의 우열은 존재하지 않는다. 다만 차이가 있을 뿐이다.

이슬람이나 힌두교도는 알다시피 손으로 음식을 먹는다. 왼손은 부정하다고 하여 오른손만 사용한다. 그렇다고 그들을 미개하다고 함부로 말할 수 있을까? 미식가들은 도구를 이용하지 않고 손으로 직접 음식을 집어 먹어야 고감도의 미감을 느낄 수 있다고들 말한다. 일본인은 초밥집에 가면 대개 맨손으로 초밥을 집어 먹는다.

찌개 문화는 한국인의 인성과 심성을 고스란히 반영한다. 된장찌개와 김치찌개가 없는 우리 밥상은 상상할 수 없다. 찌개는 식사에 참여한 사람들이 각자의 숟가락을 뚝배기에 담가 떠먹도록 돼 있다. 이는 각자 입에 들어갔던 숟가락을 하나의 뚝배기 안에 되풀이해서 담가야 함을 뜻한다. 식구가 아닌 경우도 마찬가지다.

그러므로 찌개는 알게 모르게 식사를 하는 사람들 사이에 유대감을 형성한다. 뚝배기에서 펄펄 끓고 있는 찌개에 저마다 숟가락을 함께 담그는 행위는 더없는 친밀함의 표현일 수밖에 없다. 이를테면 숟가락을 뚝배기에 담그는 순간 서로 내통하는 결과를 낳고 그것은 곧 몸과 마음을 나누는 행위가 된다.

한국인의 정서를 규정할 때 흔히 '한恨'과 '정情'이라는 말을 쓴다. 이 또한 찌개의 뜨거움을 공유한 데서 비롯된 정서가 아닐까 싶다. 찌개뿐 아니라 우리는 접시에 담긴 반찬도 함께 집어 먹고 국이 모자라면 서로 덜어주기도 한다. 그러니 밥상이야말로 한국인의 정서를 형성하는 요체라 할 수 있다. 가족주의라 부를 수 있는 한국인의 완강한 일체감 속에는 이렇듯 늘 뜨거운 뚝배기가 끓고 있는 것이다.

하지만 찌개 문화에는 불합리한 면도 없지 않다. 정이 많은 민족이니만큼 우리는 한사코 이별을 두려워한다. 우리의 정서에는 타자성이란 말이 존재하지 않는다. 타자성이란 무엇보다도 각자의 고유함을 인정하고 배려하는 행위다. 그러나 찌개 문화에서는 애초에 개별성을 고려의 대상으로 삼지 않는다. 그래서 우리는 헤어지고 나면 대개 원수지간이 된다. 말하자면 그 자리에 한이 남는 것이다.

한식을 얘기하면서 가장 중요한 것을 놓치고 지나갈 뻔했다. 그것은 쌀, 곧 밥이다. 밥은 우주의 모성을 뜻한다. 그래서 옛날 사람들은 밥을 체體, 국을 용用이라 했다. 여기서 '체'는 누구나 짐작하듯 어머니다. 이성복의 시 「밥에 대하여」의 마지막 구절은 이를 너무나도 슬프고 아름답게 표현하고 있다.

오 밥이여, 어머니 젊으실 적 얼굴이여!

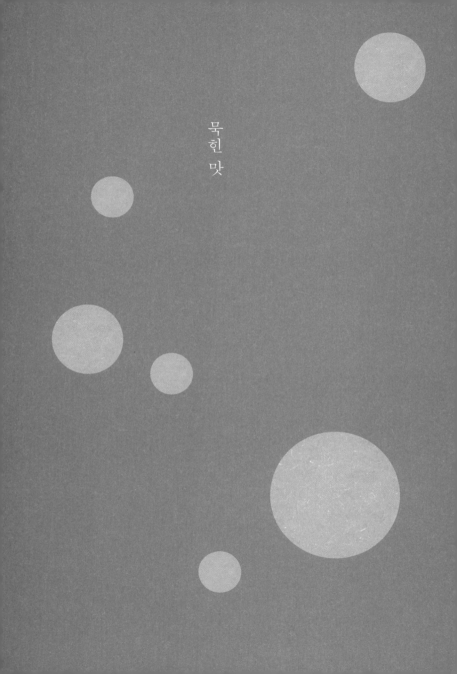

묵
힌
맛

된장찌개를 먹다가 나도 모르게

그만 코끝이 찡해지고 말았다.

오랫동안 속에 응어리졌던 것이

순식간에 풀어지는 느낌을 받았던 것이다.

마치 실컷 울고 난 뒤처럼 속이 후련했다.

어머님이거나 부처님

가까운 친구 얘기다. 그는 대학에 입학해 같은 과 여학생을 사 귀게 되었다. 그 후 군대에 가기 전까지 서로 오누이처럼 붙어 다 녔다.

음식점에 가면 그녀는 이런 말을 중얼거리곤 했다.

"나 된장찌개 잘 끓이는데."

그때마다 그는 이렇게 무뚝뚝하게 대꾸했다.

"어떻게 잘 끓이는데?"

쌀뜨물을 받아두었다가 뚝배기에 붓고 무를 나박나박 썰어 넣은 다 음 뚜껑을 닫고 한소끔 끓인다. 된장 독에 박아두었던 무를 쓰면 더욱 좋겠지.

두부를 썰어 넣고 다시 한소끔 끓인다. 오래 끓일수록 두부도 부드 러워진다.

호박, 버섯 등 채소를 넣는다.

이어 다진 마늘과 고춧가루를 넣는다.

된장을 풀어 넣는다.

청양 고추와 대파를 어슷어슷 썰어 넣고 곧 불을 내린다.

마주 앉아 함께 먹는다.

"나는 잘 모르지만, 된장이 나중에 들어가는 거 맞아?"

"처음부터 뚝배기에 된장을 넣고 끓이면 날된장 속에 살아 있는 효모가 모두 죽어버리거든. 깊은 맛이 없어진다는 얘기지."

말하자면 된장을 나중에 풀어 넣는 게 그녀의 된장찌개 끓이는 비법이었다. 하지만 듣기엔 그다지 특별한 조리법도 아니었다. 그래도 그녀가 듣기 좋게 말해주었다.

"그래, 요즘은 된장찌개 잘 끓이는 여자애들이 인간문화재처럼 드물다고 하더구나. 그리고 또 뭘 잘하지?"

"계란찜도 잘 만들어. 그거 부풀게 하기가 좀처럼 쉽지 않거든. 부풀어도 금방 가라앉고."

"왜 그런 걸까?"

"보통 계란찜을 부풀리기 위해 설탕이나 우유를 넣는다고 하는데, 실은 물의 양이 문제야. 그리고 끓기 전까지는 젓가락으로 살살 저어주어야만 해."

"그렇군."

말수가 별로 없고 수수한 여자였다. 콜라처럼 톡 쏘는 맛은 없지만 속내가 깊고 봄나물처럼 그윽한 내음을 풍기는 그런 여자.

3학년을 마치고 나서 그는 군대에 갔다. 입대하기 전날 두 사람은 학교 앞 식당에서 삼겹살에 소주를 마셨다. 마지막으로 된장찌개와 공깃밥이 나왔다. 그녀가 숟가락을 들고 된장찌개 맛을 보더니 입버릇처럼 또 이렇게 말했다.

"조미료를 써서 맛이 느끼하네. 된장도 식당 공급용으로 식품 회사에서 만든 걸 썼고. 집에 가서 내가 끓여줄걸 그랬나 봐."

"됐어. 나가서 맥주나 한잔 더 하자."

맥주를 마시는 동안 그녀가 술에 취해 말했다.

"아무래도 내가 생각을 잘못한 거 같아. 군대 가기 전에 밥 한 끼는 직접 해줬어야 하는데."

"고마운 말이지만, 그렇다고 내가 너희 집에 가서 어떻게 밥을 얻어먹겠어."

"하긴, 그렇지?"

다음 날 그녀는 입영열차가 출발하는 기차역까지 배웅을 나왔다.

"잘 가. 제대할 때까지 부디 몸조심하고."

"면회 와줄래?"

"글쎄."

"와주면 좋겠는데."

하지만 그녀는 끝내 대답을 하지 않았다. 열차가 출발하기 직전 그녀는 몸을 돌려 역 구내를 빠져나왔다. 군대에 가 있는 동안 그는 그녀에게 자주 편지를 보냈으나 답장을 받지 못했다. 휴가를 나와 수소문해보니 그녀는 졸업과 동시에 다른 남자와 결혼했다고 했다.

그날 밤 그는 술에 취해 들어와 어머니와 마주 앉아 이런 이야기를 나누었다.

"그 애를 좋아하긴 한 거니?"

어머니가 조심스럽게 아들에게 물었다.

"그런 것 같아요. 삼 년이나 만났으니까요."

"그럼 그 애도 너를 좋아했겠구나."

"……."

"그렇다면 네가 군대에 가기 전에 서로 무슨 얘기가 오갔을 게 아니냐."

"아뇨, 별 얘기 없었는데요."

순간 그의 뇌리에 그녀가 입버릇처럼 중얼거리던 말이 떠올랐다.

나 된장찌개 잘 끓이는데.

그 얘기를 듣고 나서 어머니가 말했다.

"그 말은 너한테 시집을 오고 싶다는 뜻인데, 왜 몰랐니?"

"……."

"이런 등신 같은 놈! 모르면 에미한테 진작 물어보기나 할 것이지."

장醬은 된장, 간장, 고추장, 막장, 청국장 등을 통틀어 일컫는 말이다. 된장의 '된'은 '되다'로 점도가 높다는 뜻이다. 항아리에 메주를 넣고 소금물을 부어 침장을 시킨 다음 간장을 우려내고 남은 것이 바로 된장이다.

된장은 흔히 오덕五德의 성질을 품고 있다고 한다.

단심丹心 다른 맛과 섞여도 제맛을 낸다.

항심恒心 오랫동안 상하지 않는다.

불심佛心 비리고 기름진 냄새를 제거한다.

선심善心 매운맛을 부드럽게 한다.

화심和心 모든 음식과 조화를 잘 이룬다.

장은 미생물의 발효 작용에 의해 생성된 우연의 산물이다. 술을 비롯한 다른 발효 음식도 사정은 마찬가지다. 그렇다면 발효 음식은 하늘이 내려준 일종의 보너스라고 봐야 하지 않을까. 우리나라에서는 아직도 김장 담그기와 장 담그는 일이 집안의 가장 중요한 연례행사 중 하나다. 조선시대에는 장을 담글 때 목욕재계부터 하고 음기의 발산을 막기 위해 닥종이로 입을 막았다고 한다. 장 담그기가 엄격한 제례의 하나였던 셈이다.

장을 얻기까지는 지난한 과정이 필요하다. 가을에 수확한 햇콩을 삶고 쪄서 메주를 만들어 말린 다음, 다시 볏짚으로 메주를 묶어 겨우내 방 안에 매달아둬야 한다. 이때 볏짚에 붙어 있는 납두균곰팡이의 자실체과 효모의 작용으로 서서히 발효가 된다. 잘 띄운 메주는 겉면에 갈색과 흰색이 섞인 곰팡이가 보이고 속은 부드러운 황갈색을 띤다. 전통적으로는 정월에 담가 백 일 이상 숙성시켜 봄에 먹는다. 이렇듯 어렵사리 완성된 된장은 성聖과 속俗을 아우르는 물질로 인간의 생명에 거룩하게 기여한다.

제주도에 살 때, 제주민속박물관에 강연차 내려온 고려대 변영섭 교수와 만나 비자림에 다녀온 다음 함께 저녁을 먹은 적이 있다. 한국미술사가 전공인 그는 나와 마찬가지로 된장 예찬론자이며 또한 채식주의자였다. 내가 된장을 어머니 같은 존재라고 하자 그는 이렇게 말했다.

"나는 부처님 같은 존재라고 생각합니다."

"불교 신잔가요?"

"그쪽은 어머니 신잡니까?"

"일체만물이 어머니 된장 맛에 깃들어 있다는 뜻입니다."

"그게 곧 부처님 아닌가요?"

이런 말을 주고받으며 서로 웃었던 기억이 난다.

된장의 기본 쓰임새는 간장과 마찬가지로 조미료다. 그러나 단순히 조미료로 분류하기엔 그 쓰임새가 몹시도 미묘하고 광범위하다. 된장은 체했을 때나 벌레에 물렸을 때(특히 벌에 쏘였을 때) 약으로도 쓰고, 여름철엔 냉수에 타서 갈증을 해소하는 음료로 마신다. 술을 마시고 난 다음 날에도 된장만큼 속풀이에 좋은 것은 드물다. 몸에 쌓인 갖가지 독을 풀어주는 역할을 하는 것이다. 또한 된장은 오래전부터 항암 치료를 위한 민간요법으로 사용해 왔다. 된장은 구수하면서도 찬 성질을 가지고 있다. 그래서 몸이든 마음이든 화火가 들어 있을 땐 된장 냄새만 맡아도 저절로 가라앉는다. 우스갯소리지만 부부 싸움을 하고 난 뒤에도 마주 앉아 된장찌개를 먹으면 슬그머니 마음이 풀어진다. 이럴 때야말로 뚝배기에 함께 숟가락을 담가야 한다. 뚝배기 안에서 숟가락이 부딪치는 순간 얼어붙었던 마음도 함께 풀린다.

한동안 된장을 찾아 돌아다닌 적이 있다. 몇 해나 경상도, 전라도, 강원도를 돌아다니며 집에서 담근 이른바 조선된장을 일일이 얻어먹어보았다. 모두가 훌륭한 맛이었다. 하지만 내가 찾는 그 깊고도 그윽한 맛은 아니었다.

역시 제주도 살 때였다. 어느 날 고산에 다녀오는 길에 나는 애월의 한 허름한 식당에 들어가 된장찌개를 먹다가 나도 모르게 그만 코끝이 찡해지고 말았다. 오랫동안 속에 응어리졌던 것이 순식간에 풀어지는 느낌을 받았던 것이다. 마치 실컷 울고 난 뒤처럼 속이 후련했다.

주인아주머니에게 고향이 어디냐고 넌지시 물어보니 충청도라고 했다. 나는 내심 얼마나 놀랐던가. 내 고향도 충청도였다. 말하자면 그 아주머니의 된장찌개 맛은 바로 내 어머니가 끓여주던 된장찌개 맛이었던 것이다.

달항아리의 얼룩

경복궁 국립고궁박물관에서 열린 조선시대 달항아리전을 관람한 적이 있다. 지금도 기억이 생생하거니와, 전시회가 열린다는 소식을 들은 것만으로도 나는 이미 행복해하고 있었다. 오래전부터 나는 언제 열릴지도 모를 '달항아리전'을 막연히 기다리고 있었던 것이다. 당장 지하철을 타고 박물관으로 갔다.

그보다 오래전에 나는 당시 국립중앙박물관이미 철거한 구 조선총독부 건물에서 상설 전시하는 달항아리 두 점을 본 적이 있다. 유리관 속에 놓여 있는 달항아리를 본 순간, 나는 단박에 매료되고 말았다. 그 미묘한 색감과 형태, 투박하면서도 푸근한 질감, 항아리 자체가 우물에 비친 달이면서 동시에 하늘을 향해 갸웃이 열린 입, 넉넉한 크기, 공간과 은은히 어우러져 있는 무아無我의 존재감. 저것이 과연 흙에서 온 것인가, 불에서 온 것인가. 도공의 숨결은 과연 어디에 숨어 있는 것일까.

조선시대 달항아리전에는 약 스무 점의 달항아리가 전시되고 있었다. 앞으로도 이런 기회는 좀처럼 찾아오지 않을 터였다.

달항아리는 완전히 둥근 형태가 아니다. 그렇기에 각기 모양이 조금씩 다를 수밖에 없다. 자세히 들여다보면 색감도 약간씩 다르다. 이는 같은 가마에서 구워낸 것이 아니라는 뜻이다. 도공 또한 달랐으리라. 어떤 것은 허리가 좀 더 불룩하고, 어떤 것은 옅은 푸르스름한 색을 띠고 있으며, 또 어떤 것은 바로 어제 가마에서 나온 듯 티 한 점 없이 깨끗했다.

보름달처럼 둥근 형태가 아니기에 달항아리는 오히려 사람의 마음을 사로잡는다. 다소 투박한 형태를 취함으로써 다른 사물을 거부하거나 밀어내지 않는다. 이는 세상 그 무엇도 완전할 수 없다는 것을 암시적으로 드러낸다. 감동이 비롯되는 것은 바로 이 지점이다. 도공 또한 완전히 둥근 형태를 지향하지 않았음을 어렵지 않게 짐작할 수 있다. 조선 사람의 마음이 바로 그러했다는 뜻이리라.

더욱 눈길을 끈 것은 표면에 얼룩이 져 있는 두 점의 달항아리였다. 얼룩은 어디서 생겨났을까? 혹시 간수를 잘못해서 생긴 것은 아닐까? 아니다. 달항아리의 용도를 알면 이런 의문은 쉽게 풀린다. 달항아리는 서민들이 부뚜막에 놓고 쓰던 간장 단지였다. 오랜 세월 간장 단지로 쓰이다 보니 마침내 간장이 항아리 표면에 스며 나와 얼룩이 생긴 것이다. 다기도 오래 쓰면 찻물이 배듯이 말이다.

얼룩이 배어 있기 때문에 항아리는 더욱 달과 비슷한 형태를 띤다. 맑은 날 밤 밖으로 나가 달을 올려다보라. 계수나무인지 토끼인지 그 안에 흐릿한 그림자가 있음을 누구나 발견할 수 있다. 그러므로 달항아리 표면의 얼룩은 달 그림자인 셈이다. 거기엔 우리 옛 어머니들의 고단했던 생애와 한숨이 서려 있다. 옛사람들에게 달은 정한의 상징이었다. 그런 까닭에 그 간장 단지들은 오늘날 달항아리라는 이름으로 국립박물관에 소중히 모셔져 있는 것이다.

간장의 '간'은 짠맛을 뜻한다. 된장을 담그는 과정에서 먼저 발효를 시켜 걸러낸 것이 간장이다. 침장메주와 소금물을 항아리 안에 담그는 일을 시킨 뒤에는 참숯, 빨간 고추를 띄우고 항아리 입을 모시나 베로 씌워 양지바른 곳에 옮겨놓는다. 참숯과 빨간 고추는 액운을 막는다는 의미와 함께 이상 발효에서 생기는 냄새를 없애고 간장을 맑게 해주는 역할을 한다. 간장은 삼 년이란 긴 숙성의 시간이 지나야만 비로소 제맛을 낸다.

하얀 종지에 따라놓은 간장을 들여다보면 어둡고, 맑고, 투명하다. 그것은 그윽한 어둠의 세계다. 서양의 미학 연구자들은 간장의 색감을 두고 종종 동양의 미美를 거론한다. 일본의 소설가

다니자키 준이치로도 그의 『음예공간예찬』이라는 책에서 양갱, 칠기, 밥통, 마루의 색감 등을 얘기하며 그것이 일본의 미美라고 주장한 바 있다. 그가 만약 조선시대 달항아리 얼룩을 보았더라면 무슨 생각에 빠졌을까?

우리의 그윽한 어둠 속엔 뜻밖의 아픔이 깃들어 있다. 피임법이 발달하지 않았던 옛날, 낳지 말아야 할 아이가 생기면 여인들은 간장을 먹고 산으로 올라가 반복해서 몸을 굴렸다. 그것이 하필 간장이어야만 했던 이유는 무엇일까? 그래서 배 속의 아이가 지워졌던가? 아니, 실패했다는 얘기를 나는 더 많이 들었다.

내 할머니도 마흔에 들어선 막내삼촌을 낳지 않으려고 간장을 먹었다고 한다. 유년 시절에 나는 막내삼촌과 방을 함께 썼다. 그도 알고 있었다. 자신을 낳지 않으려고 어머니가 간장을 퍼먹곤 했다는 사실을.

그 때문인지 그는 말이 없는 사람이었다. 늘 혼자 있으려고 했고 대학을 졸업한 뒤에는 슬그머니 미국으로 떠났다. 미국에 가 있는 동안 할머니가 돌아가셨다. 귀국한 뒤에도 그는 이십 년을 독신으로 살다 오십에 이르러서야 비행기 안에서 만난 여자와 결혼을 했다. 왜 그랬을까. 혹시 자신의 탄생과 결부된 상처 때문에 그때까지 방황했던 것은 아니었을까.

하얀 종지에 따라놓은 간장을 보면 그윽히 서럽다. 밥상 위에 흰 쌀밥과 간장 종지만이 덩그러니 놓여 있는 것을 보면 더욱 매섭게 서글프다. 거기서 나는 미美를 발견할 여유를 갖지 못한다. 밥상에는 그 갓난아이가 방바닥을 기어다니며 가지고 놀던 숟가락이 함께 놓여 있다. 그때 아이의 여린 손에 쥐어져 있던 숟가락은 무얼 뜻하는 것이었을까. 혹시 어머니의 얼굴이 아니었을까?

　　고추는 '매운 후추'라는 뜻의 '고초苦椒'에서 유래된 말이다. 고초가 음운 변화를 일으켜 '고추'가 된 것이다. 남아메리카 원산으로 알려진 고추가 우리나라에 들어온 것은 임진왜란 때라고 한다. 고추를 '왜개자倭芥子'라고 한 것도 이 때문이다. 담배와 거의 비슷한 시기에 우리나라에 들어왔다고 볼 수 있다.

　　고추가 들어오고 나서 우리의 음식 문화에 일대 변화가 불어닥쳤다. 그것은 가히 혁명에 가까운 변화였다. 그전까지는 김치에 고춧가루를 넣지 않았기 때문이다. 다만 김치를 담글 때 모양을 내기 위해 맨드라미꽃을 섞어 넣은 정도였다. 남아메리카뿐 아니라 중국, 동남아 심지어 유럽 여러 나라에도 고추가 존재한다. 하지만 우리나라처럼 고추를 애용하는 나라는 없다. 일본에도 김치가 있는데 고춧가루를 넣지 않는다. 물론 고추장도 없다. 그것은 중국이나 다른 나라들도 마찬가지다. 매운맛을 내기 위해서라면 대개 후추를 사용한다.

　　고추는 붉고 맵다. 바로 캡사이신이라는 성분 때문이다. 붉은색은 우선 식욕을 자극한다. 정육점의 쇼윈도 불빛을 붉은색으로 통일하는 것도 이런 이유에서다. 스페인의 투우사가 소를 유인할 때 손에 들고 있는 보자기도 대개는 붉은색이다. 관중들은 소가 흘리는 붉은 피를 보며 광적으로 흥분한다.

우리는 음식을 붉고 맵게 만들어 먹는 경우가 많다. 각종 찌개며 두루치기, 온갖 볶음에도 우리는 고추, 고춧가루, 고추장을 사용한다. 심지어 회를 먹을 때도 (초)고추장에 찍어 먹는다. 거의 모든 음식에 고추가 양념으로 사용된다고 해도 과언이 아니다. 외국 여행을 가는 사람들이 흔히 챙겨 가는 것도 고추장이거나 매운 라면이다. 고추가 들어오고 나서 우리는 장의 짠맛과 함께 매운맛을 가장 선호하는 민족이 되어버린 것이다.

나 역시 한국인인 까닭에 다른 나라를 여행하다 보면 매운맛이 그리울 때가 많다. 가장 괴로울 때는 술을 마신 다음 날 아침이다. 속을 풀어주는 얼큰한 해장국 한 그릇이 무엇보다 간절하다. 그럴 때 내가 가는 곳이 있다. 가까운 곳에 한국 식당이 있다면 더할 나위가 없겠으나, 여행 중에 일일이 한국 식당을 찾아다닐 수는 없는 노릇이다. 그렇다면 어디일까? 역시 만만한 게 중국 음식점이다. 중국집에 들어가 누들 수프(국수)를 주문한 뒤 거기에 고추기름을 듬뿍 넣어서 국물부터 들이켠다. 너무 맵다 싶으면 뜨거운 우롱차를 한 주전자 달래서 사이사이 마시면 그런대로 속이 풀린다.

감기가 들면 우리는 농담 삼아 소주에 고춧가루를 타서 먹으라고 말한다. 실제로 그렇게 하는 사람은 드물겠지만, 아주 근거가 없는 얘기는 아니다. 감기는 냉한 기운이 엄습해 몸을 괴롭히는 것이므로 뜨거운 소주에 매운 고춧가루를 타서 먹으면 효과가 있으리라는 속설이 가능하다. 스트레스가 쌓일 때도 우리는 매운 음식을 먹고 땀을 흘려 몸과 마음을 진정시킨다. 그토록 고추를 애용하다 보니 한국인의 80퍼센트 정도가 위염에 노출돼 있다고 한다. 알고 지내는 의사한테 직접 들은 얘기다. 맵고 짜게 먹기 때문이다. 게다가 술도 다른 나라 사람에 비해 자주, 많이 마시는 편이다.

매운맛은 또한 사람을 격정적으로 혹은 열정적으로 만든다. 다른 나라를 돌아다니다 보면 상대적으로 우리가 매우 격정적인 민족이라는 생각을 자주 하게 된다. 사랑할 때도, 이별할 때도, 심지어 건설을 할 때도 열정적이고 또한 격정적이다. 길거리 포장마차에 모여 떡볶이를 먹는 민족도 우리뿐이다. 매울수록 맛있다고 이구동성으로 말한다. 닭도 고춧가루와 마늘과 고추장으로 양념한 '불닭'을 만들어 먹는다. 불닭을 먹으며 소주를 마신다. 낙지도 그냥 두지 않는다. 역시 고춧가루와 마늘과 고추장에 버무려 맵디 맵게 먹는다. 왜 '붉은 악마'겠는가. 벨기에 축구 응원단에서 그 이름을 따왔다지만, 지금은 아예 한국을 상징하는 용어가 돼버렸다. 그 또한 고추의 힘에서 비롯하지 않았을까? 그러니 응원할 때도 화끈하다. 물론 국가대표 축구팀의 유니폼도 붉은색이다. 옛말이 하나도 그르지 않다. 작은 고추가 맵다.

조선 후기 한국에 들어온 선교사들은 늦가을 초가지붕에 널어놓은 고추를 보며 감탄을 금치 못했다고 한다. 그 풍경을 보며 그들은 한국의 미美를 운운했다. 한국의 가을 하늘은 얼마나 높고 푸르고 공활한가. 붉은색과 푸른색의 선명한 대비. 노란 초가지붕의 선. 흰옷을 입은 사람들. 마당에서 강아지, 닭 들과 함께 뛰노는 아이들. 파란 눈의 외국인들에게는 그게 바로 천국의 풍경이었을 것이다.

고추장의 가장 중요한 원료는 고춧가루와 엿기름이다. 엿기름은 보리에 물을 부어 싹을 내 말린 것이다. 겉보리를 씻어 물에 불렸다가 소쿠리에 건져 시루에 앉히고 물을 축인 광목 보자기로 덮는다. 일주일쯤 지나 싹이 트면 그늘에 말린다. 고추장을 담글 때는 엿기름을 찹쌀죽과 함께 쑤어 메줏가루와 고춧가루를 순서

대로 넣고 하루 정도 지나 소금으로 간을 한다. 이 과정이 끝나면 항아리에 담아 웃소금을 뿌리고 양지바른 곳에서 숙성시킨다.

간장, 된장과 달리 고추장은 묵히지 않고 매년 담가 먹는 게 보통이다. 묵은 고추장은 대개 장아찌를 만드는 용도로 쓴다. 어느 가정에서든 고추장을 가장 귀한 장醬으로 생각하는데 이유는 간단하다. 제조 원가가 많이 들기 때문이다.

여기서 한 가지 해묵은 의문이 떠오른다. 전주 비빔밥은 평양 냉면, 개성 장국밥과 함께 조선의 3대 음식으로 알려져 있다. 전주 비빔밥의 역사가 그만큼 오래되었다는 뜻이다. 그렇다면 옛날에는 고추장이 들어가지 않은 비빔밥을 먹었다는 뜻일까? 고추장을 넣지 않은 비빔밥은 도대체 무슨 맛이었을까? 나는 아무래도 고추장이 들어가지 않은 비빔밥은 상상이 되지 않는다. 아마 전주 사람들도 그럴 것이다.

살
아

있
는

맛

노역을 끝낸 소는 사람에게 샅샅이 뜯어먹힘으로써

다시금 사람의 몸과 영혼에 깊숙이 개입한다.

먹거리로서의 소를 얘기하는 것은 가슴 아픈 일이다. 우선 초식동물이기에 그렇고, 집짐승으로서의 소는 더더욱 그렇다. 우리 조상들은 소를 의인화하여 생구生口라 불렀다. '생구'는 집안의 하인이나 종을 일컫는 말이다. 농사에 없어서는 안 될 가축이자 재산의 일부였기에 소를 이렇게 불렀던 것이다.

태어나는 순간부터 소는 운명적으로 무거운 노동을 등에 짊어진다. 아기소가 삶의 경이로움을 즐기는 기간은 고작 열 달 정도다. 그것도 밭이나 논을 갈고 있는 어미소 옆을 따라다니며 노동을 배우는 시절에 불과하다.

소는 열 달쯤 되면 영문도 모른 채 기둥에 묶여 불에 빨갛게 달군 쇠로 콧구멍이 뚫린다. 거기에 사람은 뚜레를 끼우고 곧장 노동 현장에 투입한다. 그 노동은 죽을 때까지 계속된다. 죽어서는 사람의 먹잇감으로 변한다. 더군다나 소는 버리는 부위가 하나도 없다.

일본에 가면 식품 코너에서 흔히 볼 수 있는 먹거리 중 우설牛舌이라는 게 있다. 곧 '소의 혀'다. 일본인만큼 즐기지는 않지만 우리도 그것을 먹는다. 심지어 소의 유방이나 생식기도 불에 구워 소금에 찍어 먹기를 꺼리지 않는다. '완전연소'라고밖에는 달리 표현할 길이 없다.

고대의 농경사회에서 소는 농경을 위한 귀중한 노역수로서 도살이 금지되었으며, 소고기를 먹는 것도 일절 금지되었다. 같은 이유로 중국인도 소고기를 먹지 않았다. 사람을 돕는 소를 먹는 일은 부도덕하다고 생각했던 것이다.

소는 달동물로 부활과 재생을 상징한다. 소의 뿔은 반달을 닮아 생성의 의미로 해석한다. 풍수지리설에 따르면, 묏자리가 소의 형국이면 그 자손이 부자가 된다. 불교에서는 사람의 진면목을 소에 비유했다. 선禪을 닦아 마음을 수련하는 과정을 표현한 〈십우도 十牛圖〉가 바로 그것이다. 인도에서는 소에게 상처를 입히는 것조차 꺼린다. 힌두교도 역시 소를 신성시하기 때문이다.

동양에서 소는 불교의 전래와 함께 중국으로 유입되었다고 알려져 있다. 불경에 우유와 치즈의 사용이 나타나 있는 것이다. 그러므로 인도나 서남아시아로부터 중국, 한국, 일본순으로 소가 유입되었으리라 짐작하고 있다.

고향이 시골이므로 나 역시 소에 대한 추억이 있다. 내가 묵고 있는 방 옆에 소 외양간이 있었다. 어렸을 때 내가 등에 타고 놀던 소였다. 소나기가 올 때는 소의 등에 탄 채 개울을 건너기도 했다. 천둥번개가 치는 밤이면 나는 곧잘 잠에서 깨어나곤 했는데, 시골 방은 천장이 낮아 더욱 어두웠다. 그때마다 옆에서 소가 푸우, 하고 숨을 몰아쉬는 소리를 들으면 그렇게 안심이 될 수 없었다. 어린 내게 있어서 소는 밤의 수호자였던 셈이다.

불행하게도 나는 그 소가 팔려가는 장면을 직접 목격했다. 사촌형이 대학에 합격해 등록금을 마련하기 위해 소를 팔 수밖에 없었던 것이다. 그 전날 밤 나는 외양간 앞에서 누군가 숨죽여 우는 소리를 들었다. 누구였을까? 그는 다름 아닌 소의 주인이었다. 소는 침묵하고 있었다. 주인의 손을 떠나 팔려가는 순간 소는 직감적으로 이를 예감한다고 한다. 대문을 나서며 소는 자꾸 뒤를 돌아다보았다.

소를 부위별로 나눠놓은 그림을 보면 마치 세계 전도를 보는 듯하다. 부위를 나누는 방법은 단일하게 통일되어 있지 않다. 많게는 백이십 부위까지 나눌 수 있다고 한다. 소사전을 하나 만들어도 될 정도다.

몸통은 보통 열 부위로 나눈다. 목심장정육, 등심윗등심, 아랫등심, 꽃등심, 살치살, 채끝살등심에서 허리로 이어지는 부분, 안심, 우둔살엉덩이, 홍두께우둔살 옆, 양지차돌박이, 어진살, 치맛살, 대접살넓적다리 안쪽, 갈비토시살, 안창살, 제비추리, 사태장딴지가 그것이다. 이 중 안심과 등심은 거의 사용하지 않는 근육이기 때문에 기름이 적당히 분포돼 있고 부드럽다. 기름이 대리석 무늬로 퍼져 있는데 이것을 마블링이라고 한다. 최고급 부위에 해당하는 안심은 소 한 마리에서 약 2퍼센트 정도밖에 나오지 않는다고 한다. 꽃등심은 모든 소에 있는 것이 아니라 비육이 잘된 소에 한해서 가끔 발견되는 부위다.

마블링을 좋게 하기 위해서 일부 축산 농가에서는 소의 사지를 기둥에 묶어놓고 키운다고 한다. 이러한 소는 운동량이 적어 육질이 더욱 부드럽게 변한다. 단지 인간의 입맛을 위해 과연 이렇게까지 해야 하는 걸까?

소머리는 편육과 국밥용으로 쓰이고, 다리뼈는 삶아서 곰탕과 설렁탕으로, 피는 선지로, 내장은 전골이나 탕으로, 꼬리는 탕과 찜으로, 다리뼈 사이의 연골도가니 또한 탕으로 쓰인다. 껍질은 벗겨내 무두질한 다음 구두, 가방, 지갑, 핸드백으로 변해 인간에게 귀속된다.

소는 네 개의 위胃를 가지고 있다. 이를 '양'이라 부른다. 첫 번째 양은 흑위, 두 번째 양은 벌집위라 하는데 모양이 벌집처럼 생겼기 때문이다. 이 벌집위가 바로 술꾼들이 즐겨 먹는 부위다. 소금에 구워 소주 안주로 먹거나 끓여서 죽이나 탕으로도 먹는다. 세 번째 양은 겹주름위인데, 보통 처녑이라고 부른다. 언젠가 포장마차에서 소주 안주로 처녑을 먹고 있는데, 옆에 앉았던 여자가 핀잔조로 내게 이러는 것이었다.

"그거 카펫 삶은 거 아니에요? 제 눈엔 어쩐지 그렇게 보입니다."

그렇다. 카펫처럼 생겼다. 요즘은 귀한 부위가 돼버렸는지 전문 해장국집에나 가야 뚝배기 안에 몇 점 들어 있는 정도다. 포장마차에 가도 웬일인지 눈에 잘 띄지 않는다. 네 번째 양은 주름위로 막창이라고도 한다.

이 밖에도 간과 허파와 힘줄까지 탕이나 구이로 사용되면서 마침내 완전히 분해, 소멸된다. 소만큼 인간에게 기여하는 동물은 지구상 어디에도 존재하지 않는다. 노역을 끝낸 소는 사람에게 샅샅이 뜯어먹힘으로써 다시금 사람의 몸과 영혼에 깊숙이 개입한다. 그것은 인간의 배고픔에서 비롯한 풍습이겠지만, 어쩌면 그렇게 하는 것이 소에 대한 사후의 대접인지도 모르겠다. 사람과 일생을 함께한 소에 대한 마지막 예우로써 말이다.

청우靑牛라 불리는 소가 있었다. 강원도 평창의 한 농가에서 기르던 소다. 강원도 산간 지방의 순수 토종 소였다. 사진을 통해서 나도 그 소를 보았다. 일반 한우보다 체구가 좀 작고 등과 목덜미에 푸른빛이 성에처럼 뚜렷이 서려 있었다. 신화 속에서나 나올 법한 신비한 모습이었다. 그 소는 한반도의 마지막 청우였다. 고기 맛 또한 천하일미라고 했다. 언젠가 한 일간지에서 그 소를 취재하며 농부와 함께 찍은 사진을 지면에 내보냈다. 내가 본 것은 다름 아닌 그 사진이었다.

그로부터 일 년쯤 뒤에 나는 평창에 갈 일이 있어 스크랩한 기사를 들고 그 농가를 찾아갔다. 이 땅의 마지막 청우를 보고 싶어서였다. 그러나 그 소는 이미 사라진 뒤였다. 빈 외양간을 들여다보며 나는 농부에게 청우가 어디로 갔는지 조심스럽게 물어보았다. 농부는 끝내 대답을 하지 않았다. 도대체 어디로 간 것일까?

죽어서도 돈을 먹는 짐승

애저탕(찜)이라는 음식이 있다. 전라북도 진안의 명물 요리다. 애저는 '새끼 돼지'를 뜻한다. 본래 명칭은 아저兒猪였는데 애저哀猪로 바뀌었다고 한다. 진안이라면 그 유명한 마이산 탐사가 있는 곳이다.

애저를 얻는 방법은 두 가지다. 칼로 어미의 배를 갈라 배 속에 든 새끼를 꺼내거나, 수태한 돼지임을 미처 모르고 잡았다가 우연히 발견하는 경우다. 어느 쪽이든 결과는 같다고 볼 수 있다. 나는 후자 쪽에 좀 더 무게를 두고 싶다. 그렇게 생각해야 그나마 마음이 편해진다. 요즘은 애저를 취하기 위해 수태한 돼지를 일부러 잡는 일은 없다고 하니, 다행한 일이다.

그렇다고 우리만 애저를 먹는 것은 아니다. 스페인을 비롯한 유럽의 여러 나라에서도 통구이 바비큐의 재료로 흔히 새끼 돼지를 쓴다. 돼지고기를 유난히 좋아하는 중국에서는 말할 나위도 없다. 주로 낳은 지 한 달 이내의 새끼 돼지를 요리에 사용한다. 그때가 최상의 맛과 육질을 제공하기 때문이란다. 나도 유럽 여행 중에 호기심 삼아 먹어본 적이 있다. 풍미는 아주 그만이었으나 두고두고 나는 그 일을 후회하였다. 아무래도 내 감성에 맞지 않는 일이었다.

또 하나, 내가 먹고 나서 후회한 것이 있으니 바로 푸아그라다. 즉 거위 간 요리다. 베를린 중심가 쿠담 뒷골목에 있는 프랑스 식당에서 먹어보았는데, 고소하고 부드럽게 씹히는 맛이 과연 일품이었다. 붉은 포도주와 함께 먹으니 더욱 감칠맛이 났다. 푸아그라는 철갑상어 알인 '캐비어', 송로버섯 요리인 '트러플'과 함께 서양의 3대 진미로 꼽힌다. 트러플 대신 '원숭이 골' 요리를 집어넣는 미식가들도 있다.

푸아foie는 '간', 그라gras는 '기름지다'란 뜻이므로 우리말로는 '지방간'이 되겠다. 이는 장거리 여행을 떠나기 전 간에 충분한 영양을 비축해놓는 철새의 습성에서 힌트를 얻어 생긴 음식이라고 한다. 인위적으로 거위의 지방간을 얻기 위한 방법 역시 잔인하기 짝이 없다. 3~4개월 정도 자란 거위에게 매일 양을 늘려가면서 하루 수차례씩 입에 깔때기를 대고 강제로 삶은 옥수수를 밀어넣어 1킬로그램까지 간을 부풀게 한 다음 꺼내 먹는 것이다. 이를 구워서 소금에 찍어 먹거나 전채요리로 쓴다.

애저찜과 푸아그라 중에 어떤 것이 더 잔인한 음식인지는 말하지 못하겠다. 다만 수태한 돼지임을 모르고 잡았다가 부산물로 얻은 애저를 음식으로 만들어 먹는 것은 어쩔 수 없다고 생각한다. 거꾸로 사전 계획 아래 강제로 거위의 간을 부풀려 꺼내 먹는 살생엔 아무래도 동의할 마음이 생기지 않는다. 이 또한 문화 차이라고 말하면 어쩔 수 없다. 그들(서양인) 주장에 따르면, 우리는 개를 잡아먹는 민족이니까.

돼지는 동양인, 특히 한국인에게 있어서는 복福의 화신이다. 또한 욕심이 많은 짐승으로도 낙인찍혀 있다. 사람도 욕심이 많은 이가 있다. 하지만 그게 꼭 나쁘다고는 할 수 없다. 욕심이 많은 사람은 대개 남에게 신세를 지지 않는다. 그것이 부정적인 뜻으로 쓰일 때는 남의 것까지 탐내는 탐욕의 경우다. 돼지는 남의 것을 탐내지 않는다. 저한테 주어진 것에만 욕심을 낼 뿐이다. 그래서 돼지에게서는 거부감을 느낄 수 없다.

돼지한테는 딱히 주어진 과업이 없으므로 오직 먹는 일만이 생을 완수하는 방법이다. 그것은 거의 임무에 가깝다. 열심히 먹은 만큼 새끼를 많이 낳아 인간에게 기여한다. 게다가 일 년에 두 번이나 출산한다. 인간에게 기여하는 방법도 오직 하나, 자신의 온몸을 먹이로 제공하는 것뿐이다. 사람도 고기를 취할 목적으로만 돼지를 사육한다.

잡식성인 돼지는 죽어서까지 돈을 먹는다. 우스갯소리지만 돼지의 한자어 표기 또한 돈豚이다. 집을 지을 때 상량을 하거나 어부들이 출어 전에 돼지머리를 상에 올려놓고 고사를 지내는 것은 우리에게 너무나 익숙한 풍경이다. 가게를 개업할 때도 먼저 돼지머리를 갖다놓고 고사부터 지낸다. 절을 하는 사람마다 돼지 입에 정성껏 지폐를 물려준다. 서양인들 눈에 이런 풍경은 경이롭다 못해 미개스러워 보인다고 한다. 실제로 그렇게 말하는 '미개한 서양인'들이 있다. 그 행위 속에 숨어 있는 제례적 의미를 모르는 것이다.

돼지는 또한 저금통의 대표적인 상징이기도 하다. 언제부터 우리는 돼지를 통해 다복다산의 염원을 갈구했던 것일까? 돼지꿈을 꾸면 우리는 복권을 산다. 유독 우리 민족만이 그렇다. 내가 생각해도 좀 특이한 풍속이긴 하다.

돼지고기를 많이 먹는 나라는 단연 중국일 것이다. 소시지와 베이컨은 예외로 하더라도 말이다. 중국에서 '고기'는 곧 돼지고기를 뜻한다. 그뿐 아니라 중국인은 거의 모든 요리를 기름에 볶거나 튀겨 먹는다. 채소까지 기름에 볶아 먹는다. 그런데도 중국인이 동맥경화증을 앓는 경우가 드문 것은 평소 차(우롱차, 녹차)를 많이 마시기 때문이다. 그 대신 중국인들은 대개 치아의 색깔이 어둡다. 오래 쓴 다기처럼 치아에 찻물이 검게 배는 것이다.

돼지는 소보다 먼저 가축화되었다. 산에서 멧돼지를 잡아다 기른 것이 그대로 집돼지가 되었다고 한다. 동남아에서는 약 4,800년 전 유럽에서는 약 3,500년 전에 집돼지의 역사가 시작되었다. 역사가 길어지면서 돼지의 모양새도 조금 달라졌다. 우리나라에 요크셔, 바크셔 등의 개량종 돼지가 들어온 것은 1903년이다. 오늘날 전 세계에서 사육되고 있는 돼지는 약 1,000여 종에 이르고 종류에 따라 쓰임새가 조금씩 다르다. 크게는 가공형베이컨용과 생육형살코기용으로 나뉜다.

돼지고기는 소고기만큼 자세히 분류하지는 않는다. 머리와 다리족발를 제외하면 대개 일곱 가지 부위로 나눈다. 목살항정살, 어깨살, 갈비, 볼기살, 등심, 안심, 삼겹살이 그것이다. 돼지고기는 잡고 나서 3~4일 정도 숙성시켰을 때 가장 맛있다고 한다. 소고기는 부위에 따라 육회로 먹기도 하나, 돼지고기는 갈고리촌충 등 기생충이 있을 염려가 있으므로 날로 먹는 일은 피해야 한다.

돼지머리는 행사용(제사용)으로 자주 쓰이며 국밥과 편육을 만드는 데 쓴다. 족발의 쓰임새는 누구나 알고 있으리라. 그런데 왜 '족足발'이라고 하는지 나는 아직도 모르겠다. '족'이나 '발'이나

다 같은 뜻인데 말이다.

　술꾼들이 '돼지 부속'이라고 부르는 게 있다. 머리와 다리를 제외하고 간, 허파, 대창, 곱창小腸, 생식기, 유방 등을 두루 일컫는 말이다. 돼지 가죽은 미국에서 보급형 야구 글러브를 만들 때 사용되기도 하는데, 우리는 그 껍질까지 구워서 술안주로 먹는다. 요즘도 간판에 '돼지 부속 전문점'이라고 씌어 있는 식당을 종종 찾아볼 수 있다. 나도 가끔 소주가 마시고 싶을 땐 돼지 부속집을 찾는다. 나는 껍질을 좋아하는데, 쫄깃하고 고소한 맛이 그만이다. 피부를 윤택하게 만들어주는 콜라겐 성분 때문에 여성들도 자주 먹는다. 값도 싼 편이다. 처녑이 카펫이라면 돼지 껍질은 두툼한 장판이라고 할 수 있다.

　돼지 부속의 하이라이트는 아마도 순대가 아닐까. 지방마다 약간씩 다르긴 하지만 돼지 창자 속에 쌀, 두부, 파, 숙주나물, 표고버섯, 선지 따위를 섞어 넣고 삶아 익힌다. 남한에서는 대전과 병천 순대가 그중 맛있는 것 같다. 물론 내 입맛에 그렇다는 것이다.

　우리나라 사람이 가장 즐겨 먹는 돼지 부위는 목살과 삼겹살이다. 특히 삼겹살 소비가 절대 우위를 차지해서 그 부위를 따로 수입해야 할 정도다. 이는 우리나라만의 독특한 돼지고기 소비 형태다. 서양 사람들은 대개 지방이 많다고 하여 삼겹살을 선호하지 않는다. 근래에는 또 족발까지 따로 수입한다고 한다. 양돈협회의 고민이야 모르는 바 아니지만, 우리네 입맛이 그러한 걸 어쩌겠는가. 입맛은 쉽게 바뀌지 않는 법이다.

제주도에서는 돼지를 '도새기'라 하고 삼겹살 대신 오겹살을 먹는다. 대개 한라산 기슭에서 방목한 흑돼지다. 성읍민속마을에 가면 인분을 먹고 크는 재래식 '똥돼지'를 우리에 가둬놓고 전시하지만 실제로는 먹을 수 없는 돼지다.

제주도의 흑돼지 맛은 단연 으뜸이라 할 수 있다. 나뿐만 아니라 누구나 인정하는 바다. 무공해의 땅에서 방목해 키운 탓인지, 소금기가 스민 바닷바람을 맞고 자라서 그런지, 원인은 뚜렷이 모르겠지만 어느 부위든 살이 차지고 기름기가 적으며 뒷맛이 달고 고소하다. 돼지고기 특유의 누린내도 나지 않는다. 백화점이나 할인마트 식품 코너에서 가장 비싸게 팔리는 돼지고기 역시 제주산 흑돼지다. 다른 지방의 돼지고기와는 비교할 수 없으리만치 맛이 뛰어나기 때문이다. 그럴 만한 돼지고기가 있다면 아마지리산 흑돼지 정도일 것이다.

제주도 사람들은 돼지고기를 자리젓에 찍어 콩잎이나 묵은지에 싸서 먹는다. 제주도에 가면 또한 '돔베고기'라는 게 있다. 돼지고기 수육과 비슷한데, 오겹살 부위를 덩어리째 물에 넣고 기름기가 완전히 빠질 때까지 삶은 다음 썰어서 도마(돔베) 위에 올려놓은 것이다. 기름기가 없으므로 담백하고 새우젓에 찍어 먹으면 아무리 먹어도 질리지 않는다.

이 돔베고기는 일본, 특히 장수 인구가 많은 오키나와 지방 사람들이 즐겨 먹는 음식이다. 그들은 이 삶은 돼지고기를 거의 매일 먹는다. 그렇다면 이들은 혹시 오랜 옛날부터 제주도와 서로 문화적인 영향을 주고받았던 게 아닐까?

이를 뒷받침할 만한 근거는 많다. 가령 제주도에는 흰 소가 있다. 옛날에 인도에서 온 것이라고 한다. 조랑말은 알다시피 몽골에서 왔다. 그런데 인도나 몽골에 비해 오키나와는 제주도와 훨씬 가까운 곳에 위치해 있다. 얼마든지 영향을 주고받을 수 있는 것이다. 또한 제주도 곳곳에서 볼 수 있는 야자수 계열의 나무들은 태풍 시즌에 먼 바다에서 떠밀려온 남방 외래 식물이라고 한다. 결국 모든 문화는 '서로 주고받는' 혼합 문화의 성격을 띠고 있는 것이다.

한국인이 개고기를 먹는 걸 두고 말들이 많았다. 외국인뿐 아니라 우리 내부에서도 종종 논란거리가 되는 게 바로 개고기의 식용이다. 이러한 논란이 극대화된 것은 '88서울올림픽' 때였다. 여기에 모 시민단체까지 가세했다. 논란의 핵심은 개고기가 '혐오 식품'에 해당한다는 것이었다. 다분히 외국인의 시선을 의식한 발언이었다. 개중에는 물론 개고기 식용을 지속적으로 반대해온 사람도 있을 것이다.

이 논란에 종지부를 찍은 것은 얼마 전에 세상을 뜬 『장미의 이름』으로 유명한 이탈리아의 소설가이자 기호학자 움베르트 에코였다.

개고기 식용은 한국인의 고유한 식문화이므로 더 이상 논란거리가 될 수 없다.

어느 민족이든 고유한 풍습은 그들만의 삶의 생태계와 직접적으로 맞물려 있다. 그것이 외부에 의해 억압되는 순간 내부의 혼란이 초래된다. 이를테면 한 사회의 풍습은 구조적 필요에 의해 생겨난 전통이라는 얘기다. 개고기 식용도 마찬가지다.

그렇다면 푸아그라도 마찬가지 경우가 아니겠냐고 의혹을 제기하는 사람들이 있을 수 있다. 하지만 내용을 들여다보면 같다고 볼 수 없다. 푸아그라는 단지 미식을 위해 거위를 강제 사육한 결과로 얻어진 음식이다. 그 '지방간'에는 인위적 흔적 외에는 아무것도 찾아볼 수 없다.

　　하지만 개는 다르다. 개는 살아 있는 동안 인간과 밀접한 관계를 유지한다. 개고기는 그것의 마지막 증거이자 결과물이다. 역설적으로 들리겠지만 이는 엄연한 사실이다. 힌두교 사람들은 소고기의 식용을 금하고 이슬람 사람들은 돼지고기의 식용을 금한다. 그들이 프랑스의 여배우이자 동물 애호가인 브리짓 바르도에게 스테이크를 먹지 말라고 하면 그녀가 과연 어떻게 반응할지 궁금하다. 그녀는 푸아그라를 먹지 않는 걸까? 자신이 개고기를 먹지 않는다고 해서 다른 민족, 다른 국가의 사람들도 개고기를 먹지 말아야 한다고 주장하는 근거는 어디에 있는 걸까?

　　나는 개고기를 즐기지 않는다. 복날에 만난 사람들이 함께 '그곳'에 가자면 마지못해 따라가서 앉아 있는 정도다. 개고기는 영양식으로 분류되지만 기호품에 해당하기도 한다. 그리고 한국인만 먹는 것도 아니다. 에스키모인도 식량이 떨어지면 개를 잡아

먹는다. 남극이나 북극을 탐험하는 모험가들은 여분의 식량으로 개를 더 데려가기도 한다. 고대 중국인은 개고기를 제사상에 올렸다. 동남아 일부 국가에서도 여전히 개고기를 먹는다. 베트남 사람은 개의 창자로 순대를 만들어 먹기까지 한다. 또 타히티인, 하와이인, 뉴질랜드 마오리족도 개고기를 먹는다. 도대체 무엇이 문제란 말인가.

언젠가 독일에 체류하고 있던 소설가 배수아 씨와 이메일을 주고받으면서, 내가 바다에서 잡은 물고기 사진을 보낸 적이 있다. 50센티미터쯤 되는 커다란 참돔이었다. 약간은 자랑 삼아 제주도에 살고 있음을 알리려는 의도에서였다. 며칠 뒤 그녀에게서 다음과 같은 메일이 왔다.

"윤대녕 씨는 참 자상한 사람이군요. 그런데 저는 눈目이 달린 것은 이제 아무것도 먹지 않기로 했답니다."

채식주의자가 되었다는 뜻이다. 그녀가 여러모로 유별난 건 사실이지만, 이 정도라면 개의 식용에 반대하더라도 딱히 할 말이 없다. 그녀는 생선도 먹지 않는 사람이 되었으니까. 채식주의자가 되는 이유는 종교적인 것을 포함하여 여러 가지가 있을 수 있다. 이유야 어떻든 나는 그들에게 일종의 경외심을 품고 있다. 채식주의자들은 대부분 정신주의를 지향하고 있기 때문이다.

서양인들에게 개는 모두 수렵견이나 애완견이다. 우리가 개고기를 먹는다고 할 때 그들은 반사적으로 자신이 가슴에 안고 있는 애완견을 떠올린다. 브리짓 바르도도 늘 가슴에 동물을 안고 카메라 앞에 나와 '모피 착용'이나 '개고기 식용' 반대 캠페인을 벌이곤 한다. 서양인이 보기에 한국인은 곧 애완견을 잡아먹는 민족이다. 뭐, 그렇다고 볼 수도 있다. 집에서 기르던 개를 잡아먹으니까. 그렇다고 해서 치와와나 푸들이나 요크셔테리어나 콜리나 그레이하운드나 닥스훈트 같은 개를 잡아먹는 것은 아니다. 천연기념물인 진돗개나 풍산개도 대체로 잡아먹지 않는다. 주로 황구와 백구가 식용의 대상이다. 식용견이 따로 있다는 말이다.

개는 지구상에서 가장 오래된 가축이다. 석기시대부터 사육했다고 한다. 그런 만큼 사람과의 관계도 각별하다. 전북 임실군 둔내면 오수리에 가면 개의 동상이 있다. 주인을 살리기 위해 불에 타서 죽은 개를 기리기 위해 만들어놓은 것이다.

옛날 김개인이라는 사람이 개를 데리고 잔칫집에 갔다가 술에 취해 돌아오는 길에 둑에 누워 잠이 들었다. 그런데 입에 물고 있던 담뱃불이 떨어져 잔디에 옮겨붙었다. 개가 주인을 흔들고 맹렬히 짖어댔지만 주인은 인사불성이었다. 개는 물에 뛰어들어 온몸에 물을 적셔와 주인이 누워 있는 주변에 뿌리기를 반복했다. 새벽에 한기를 느끼고 깨어난 주인은 주위의 풀밭이 새까맣게 탔는데 자신이 누웠던 자리만 타지 않은 것을 발견했다. 개는 온몸이 거의 탄 상태로 옆에 죽어 있었다.

서양에도 이와 흡사한 얘기가 전해진다. 개는 사흘을 기르면 주인을 알아본다는 말이 있다. 또 주인은 개를 버려도 개는 주인을 버리지 않는다는 말도 있다. 개가 하는 일은 우선 집을 지키는 일이다. 어떤 경우에는 앞에서 보듯 충성심을 발휘하기도 한다. 오죽하면 집에서 기르던 개가 슬피 울면 집안에 초상이 난다고 했겠는가.

오늘날에도 개는 인간과 가장 가까운 동물로 인식되고 있다. 우리나라도 마찬가지다. 황구나 백구는 우리에게 소처럼 식구의 일부라 할 수 있다. 소와 다른 점이 있다면 개는 노동을 하지 않는다는 것이다. 그렇다고 돼지처럼 아무 일도 하지 않는 것은 아니다. 개의 존재감은 아마도 소와 돼지의 중간쯤에 위치할 것이다.

황구나 백구는 복날이 되면 잡아먹힌다. 소나 돼지도 잡아먹히는데 개라고 해서 특별히 다를 수 없다. 굳이 말하자면 '사랑하나 이제 어쩔 수 없이 너를 참하노라'가 되는 것이다. 덥기 때문만도 아니다. 남한보다 상대적으로 기후가 서늘한 북한은 '단고기'란 이름으로 오히려 개고기를 즐겨 먹는다.

개고기는 성질이 따뜻하며 맛은 시고 독이 없다. 오장을 편안하게 하며 혈맥을 조절하고 장과 위를 튼튼하게 한다. 또한 골수를 충족시켜 허리와 무릎을 따뜻하게 하며 양도를 일으켜 기력을 증진시킨다.

허준의 『동의보감』에 나오는 글이다. 『동국세시기』에도 개고기에 대한 언급이 나온다.

삼복에는 파를 넣고 푹 삶은 개고기를 구장개장이라 한다. 여기에 닭과 죽순을 넣어 끓여 먹고 땀을 흘리면 무더위를 이길 수 있을 뿐 아니라 허한 것을 보충할 수 있다. 또한 개장에 고춧가루를 넣고 밥을 말아서 시절 음식으로 먹는다. 그러므로 시장에서도 개장을 만들어 많이 팔고 있다.

개는 보통 구狗와 견犬으로 나뉜다. 이 둘의 의미는 어떻게 다를까? 제주대 조문수 교수의 분류법에 따르면, 구는 식용이고 견은 식용이 아니다. 알고 보면 아주 간단하다. 그러므로 황구와 백구는 식용이고 애완견은 비식용이다. 우리도 투견이나 수렵견은 먹지 않고 죽으면 장사 지낸다. 이 엄연한 차이를 브리짓 바르도를 포함한 대부분의 서양인들은 모르고 있음이 분명하다.

우리 내부에서 개고기 식용을 곱지 않은 시선으로 바라보는 것은 대부분 여성들이다. 남자들이 개고기를 정력 증강용으로 즐긴다는 고정관념 때문이다. 물론 그런 사람들이 없지 않다. 몸에 좋다고 하면 뱀, 오소리, 노루까지 잡아먹는 사람들이 있다. 이를 방송에서도 가끔 문제 삼곤 한다. 심지어 동남아시아나 중국으로 출장을 가서 주사기로 살아 있는 곰의 쓸개즙을 빼내어 먹는 사람들까지 있다. 이런 경우라면 지나칠뿐더러 내가 생각해도 혐오스럽기 짝이 없다. 설혹 브리짓 바르도에게 욕을 먹는다 해도 상관하고 싶지 않다.

한국인이 개고기를 먹는 일은 돼지고기나 닭고기를 먹는 것과 의미상 크게 다르지 않다. 일부 여성들도 물론 개고기를 먹는다. 개고기는 병후 원기 회복에 특히 효과가 있다. 외과 수술을 받은 환자에게 개고기를 권하는 것도 이 때문이다. 개의 육질이 사람 세포와 비슷해서 상처가 빨리 아문다고 한다. 사람과 같은 음식을 먹으니 마땅히 그럴 것이다. 이 같은 친숙함의 근거엔 인간과 개 사이의 생태적인 환원이 존재한다. 이는 먹여주고 먹혀줌으로써 서로 영혼이 육화되는 시스템이다.

우리에게 개는 유사시에 약용이나 보양식으로 쓰이게끔 사육된 것이다. 그래서 식용견에 따로 구狗란 이름을 붙인 것이다. 이쯤 되면 우리 고유의 풍속이라고 봐도 무방하리라.

몽골인이나 일본인은 말고기를 먹는다. 제주에서도 말고기를 먹는다. 호주 사람은 캥거루고기를 먹는다. 이상한가? 나는 조금도 이상하다는 생각이 들지 않는다.

그대, 날기를 영원히 포기했는가 닭

닭 육회라는 걸 먹어본 적이 있다. 전남 해남에서 고산 윤선도 고택으로 가는 중간쯤에 '닭 육회'라고 큼지막한 간판이 붙어 있는 식당이 있었다. 식당이라기보다는 일반 주택에 가깝다. 테이블이 놓여 있는 방도 여관방처럼 생겼다. 이불과 베개만 없을 뿐이다.

나는 해남에 친구가 살고 있어 자주 가는 편이다. 그와의 오랜 우정 덕에 남도의 여러 음식을 맛볼 기회가 있었다. 닭 육회도 그 가운데 하나다.

육회라고 할 때는 보통 '소고기 육회'를 말한다. 우둔살, 홍두깨, 대접살 사태 등을 채로 만들어 참기름, 간장, 깨, 얇게 썬 배를 넣고 버무려 먹는다. 소고기 특유의 향미와 더불어 달착지근하고 부드럽게 씹히는 맛이 특징이다. 이런 맛을 남도 사람들은 '달보드레하다'라고 표현한다. 닭 육회는 안심살을 주로 사용하는데, 소고기 육회처럼 양념을 해서 먹거나 그대로 초고추장에 찍어 먹기도 한다.

육회가 나오기까지의 시간은 길었다. 산 닭을 잡아야 하기 때문이다. 동행했던 여성 시인과 함께 셋이서 화투를 치며 기다렸다. 마침 방석까지 하나 남아 있었다.

이윽고 쟁반에 담긴 닭 육회가 나왔다. 그런데 막상 손이 가지 않았다. 낯선 음식에 대한 본능적인 저항감 때문이었다. 그래도 거기까지 데려간 친구의 마음을 생각해 초고추장에 찍어 두어 점 먹어보았다. 날 비린내와 함께 물렁하고 달차근한 느낌이 입 안 가득 들어찼다. 오래 씹을 엄두가 나지 않아 얼른 삼켜버리고 소주로 입가심을 했다. 양념을 한 것은 그래도 나은 편이었다. 줄곧 눈치를 보고 있던 여성 시인도 마침내 한 점을 입에 넣고 우물거리더니 갑자기 손으로 입을 가린 채 밖으로 뛰어나갔다.

그날 일행은 남은 닭 육회를 결국 불판에 구워 먹었다.

중부권 사람들은 육회를 잘 먹지 않는다. 닭 육회든 소 육회든 마찬가지다. 먹는다 하더라도 일부 미식가나 술꾼들에 한정되어 있다. 이는 음식이 다양하게 발달한 남도권의 문화인 듯싶다. 물론 대구에도 한우 소고기 집들이 모여 있는 거리가 있고 모두 육회를 판다. 큰 접시 위에 여러 부위를 날것으로 내놓는다. 그러나 대구에 가서 닭 육회를 먹는다는 소리를 들어보지 못했다. 그러므로 닭 육회는 호남 지역의 토속음식이 아닌가 생각한다.

닭고기는 다른 육류에 비해 칼로리가 낮고 영양가가 높은 식품으로 알려져 있다. 생선보다도 오히려 칼로리가 낮다. 껍질을 제외한 닭의 살코기는 100그램당 100~110칼로리인 데 비하여 꽁치는 165칼로리, 고등어는 183칼로리다.

양계협회에서는 체중 조절이 필요한 사람, 성장기 어린이, 회복기 환자, 활동량이 적은 노인, 운동량이 부족한 현대인에게 닭고기 섭취를 강력히 권장하고 있다. 값도 다른 고기에 비해 싸다고 할 수 있다. 어느 나라든 닭고기 소비가 보편적인 것도 이와 관련이 있을 것이다. 우리나라도 어딜 가나 치킨집들이 즐비하다. 편의점보다 오히려 많은 것 같다. 맥주와 닭은 궁합이 잘 맞는 음식이다. 그래서 나도 닭고기를 많이 먹을 수밖에 없었다. 물론 껍질은 다량의 콜레스테롤이 포함돼 있으므로 먹지 않는 게 좋다.

닭과 관련하여 오래된 오해가 있다. 전문용어로 '근위'라고 부르는 모래집에 관한 명칭이다. 사람들은 대개 '모래집'을 '닭똥집'이라고 부른다. 하지만 똥집이 아니다. 모래집은 먹이에 섞여 있는 모래를 저장해 먹이를 잘게 부수는 역할을 한다. 근육은 단백질이 대부분이며 지방은 거의 없다. 대개는 소주 안주로 연탄불에 구워 소금에 찍어 먹는다. 오도독거리며 씹는 맛이 좋고 냄새가 없기 때문에 날것으로 먹기도 한다. 근육질이 청색을 띠고 있는 모래집이 신선하다고 보면 된다.

언제부터 사람들은 모래집을 똥집이라고 부른 걸까? 소화기관에 속한다는 것 외에는 아무 근거가 없는데도 말이다. 포장마차 주인도 '근위'라거나 '모래집'을 달라고 하면 잘 알아듣지 못한다. '닭똥집'이라고 분명한 발음으로 요청해야 한다. 그래야만 그 쫄깃한 안주를 먹을 수 있다.

과거 포장마차에서는 '닭발'을 단일 품목으로 취급해 팔았다. 양념 고추장에 버무려 연탄불에 일일이 구워서 줬다. 내가 대학에 다닐 때는 천 원에 닭발이 열 개였으니, 하나에 백 원씩이었던 셈이다. 값싼 안주이므로 많이들 먹었다. 여학생들도 남학생과 나란히 포장마차에 앉아 소주와 함께 먹었다. 닭발을 화장지로 둘둘 감고 손에 고추장을 묻혀가면서. 고소하면서도 쫄깃한 그 매운맛이 이제는 그리운 맛이 되고 말았다. 요즘은 닭발을 파는 포장마차를 찾아보기 힘들다. 주인 입장에서도 닭발을 팔아 남는 게 없으니 메뉴에서 제외했을 것이다. 포장마차 인심이라는 것도 많이 달라져서 지금은 오래 앉아 있으면 눈치가 보인다. 주머니 사정이 좋지 않아 들렀던 곳이 이제는 '추억을 파는 가게'가 되어 더 이상 음식 값이 싸지도 않거니와 인심을 엿보기도 힘들어졌다.

한때는 '춘천 닭갈비'가 유행하더니 그 후엔 '불닭'이 거리를 휩쓸고 지나갔다. 불닭은 고추장 양념을 해서 바비큐나 훈제로 요리해 먹는 방법이다. 불닭의 방정식은 다음과 같다.

고추장(매운 음식)＋닭(더운 음식)＋소주(뜨거운 음식)＝아주 뜨거운 음식!

궁합상으로는 완전 제로인 음식이다. 그러나 기분이 가라앉아 있을 때는 나름의 효과를 발휘한다. 나도 가끔 먹는다. 하지만 꼭 맥주로 입가심을 한다. 그래야만 속이 덜 부대낀다.

동서양을 막론하고 닭은 상서로운 짐승이다. 울음으로써 새벽을 전하는, 즉 빛의 도래를 예고하는 존재라서 그렇다. 닭은 태양의 새다. 우주의 질서화를 수행하는 동물인 것이다. 기독교에서는 닭을 독수리나 어린 양과 함께 그리스도의 표상으로 여긴다. 어둠 뒤에 도래하는 메시아의 상징으로 보았던 것이다. 특별히 수탉은 남성이 갖춰야 할 덕목을 상징한다. 수탉은 먹이를 발견하면 식구를 불러놓고 다른 먹이를 찾아나선다. 적과 대면하면 가정을 지키기 위해 필사적으로 싸운다. 프랑스에서는 수탉이 곧 자부심의 상징이다. 프랑스 국가대표 축구팀의 유니폼을 자세히 살펴보면 가슴에 수탉 문양이 새겨져 있다. 그리고 벼슬 위에는 노란 별이 그려져 있다.

조선시대에 학문과 벼슬에 뜻을 둔 선비는 서재에 맨드라미와 함께 수탉의 그림을 걸어두었다고 한다. 닭벼슬과 맨드라미는 입신 출세를 뜻한다. 암탉의 다산성과 더불어 수탉이 가진 권위가 사람에게 미친 영향은 이토록 대단했다. 또한 닭은 제례용으로도 쓰였다. 우리나라에서는 결혼 초례상에 닭을 청홍 보자기에 싸서 올려놓았다. 물론 폐백 품목에도 닭이 포함되어 있다. 여기엔 자손 번영의 기원과 함께 '시부모님을 받들어 잘 공경하라'는 뜻이 담겨 있다.

우리나라엔 동남아 혹은 중국을 통해 닭이 들어온 것으로 추측하고 있다. 하지만 그 시기는 분명치 않다. 우선 『삼국사기』에 신라 4대 탈해왕9년(65년) 김알지가 태어날 때 "닭이 숲속에서 울었다"라는 기록이 있다. 당시엔 신라를 계림鷄林이라고 불렀는데, 신라시대 천마총 고분에서 달걀이 출토된 바가 있으므로, 늦어도 그 시기부터 닭을 사육했으리라 짐작할 수 있다.

닭을 보면 늘 품게 되는 의문이 있다. 닭은 원래 날 수 없었던 걸까? 이런 의문 속엔 야성을 상실한 존재에 대한 아쉬움과 안타까움도 포함되어 있다. 닭은 꿩과에 속한다. 그렇다면 꿩만큼은 날 수 있었던 게 아닐까? 그렇다고 말하는 학자들이 있다. 양계협회 자료를 보면 가축화된 뒤 날개의 기능이 점점 퇴화해 마침내 날지 못하게 됐다는 것이다.

새처럼 하늘을 날기 위해서는 우선 깃털로 된 날개를 가지고 있어야 하며, 공기 속을 잘 헤치고 나가기 위해 몸체가 날씬하게 생겨야한다. 그리고 날기에 알맞게 뼛속이 비어 있어야 한다. 또한 창자가 짧아 먹이를 먹으면 곧 똥으로 나와 몸을 가볍게 유지할 수 있어야 한다. 그리고 물고기처럼 오줌통방광이 없어야 한다. 마지막으로 알을 낳아야 한다. 새끼를 배면 몸이 무거워 날기에 지장이 있기 때문이다.

닭은 이 모든 조건을 갖추고 있다. 그럼에도 새처럼 날지 못한다. 아니, 급할 때는 몇 발자국 푸드득 날기도 한다. 하지만 곧 땅으로 맥없이 내려앉고 만다.

그렇다면 닭은 날기를 영원히 포기한 걸까?

오랜 풍경의 맛

장아찌는 '마땅히 머문 바 없이 그 마음을 내어라'의

그 말씀에 값하는 음식이다.

그 자체가 하나의 선禪이고 법法이다.

공자가 콧등을 찌푸린 까닭은?

김치는 장과 함께 우리 민족에게 신앙의 대상이었다. 그래서 장독, 김칫독을 '신주神主 단지'라고 불렀다. 장독대는 여름의 신주, 김칫독은 겨울의 신주라 했다. '신줏단지 모시듯 한다'는 말도 물론 여기서 생겨났다.

김치는 저菹, 지漬, 침채沈菜, 젓국지, 짠지, 싱건지 등 여러 이름으로 불렸다. '김치'의 어원을 탐색하는 일은 어머니의 처녀 적 얘기를 듣는 것만큼이나 아련하고 즐겁다. 우선 중국 최초의 시집인『시경』에 '저菹'라는 말이 등장한다.

외를 깎아 저김치를 담자. 이것을 조상께 바쳐 수壽를 누리고 하늘의 복을 받자.

'외瓜'는 오이이므로 조상께 바치는 '이것'은 오이김치임을 쉽게 짐작할 수 있다.

『여씨춘추』에는 다음과 같은 재미난 구절이 나온다.

공자가 콧등을 찌푸려가면서 저菹를 먹었다.

‘저’ 또한 김치를 일컫는 말이다.

한편 ‘지漬’는 ‘담근다’는 뜻이다. 또 ‘염지鹽漬’라는 말이 있는데, ‘소금물에 담근다’는 뜻이 되겠다. 무엇을? 배추, 무, 파, 오이 등의 채소류다. 전라도 지역에 가면 아직도 김치를 ‘지’라고 부른다. 요즘 식당 간판을 보면 ‘묵은지’라는 글자가 자주 보이는데 이는 곧 ‘묵은 김치’다.

충청도 일부 지역에서는 여전히 김치를 ‘짠지’라고 부른다. 김치는 소금에 절여 담근 것이므로 그렇게 불렸으리라. ‘신건지’는 북한 지방에서 담가 먹는 백김치를 일컫는 말이다. 소금에 절이긴 했으나 싱겁게 만들었다는 뜻이겠다. 북쪽 지역이라 금방 쉴 염려가 없으므로 짜게 담글 필요가 없었던 것이다.

김치는 ‘침채沈菜채소를 담그다’에서 온 말이다. 세월이 변함에 따라 그 말이 음운 변화를 일으켜 ‘팀채―딤채―짐채―김채’가 되었고, 마침내 ‘김치’라는 말로 굳어졌다. 조선 초기에 썼던 ‘딤채’라는 말은 오늘날 모 가전제품 회사에서 만들어내고 있는 김치 전용 냉장고 이름이기도 하다. 김장이란 말은 ‘침장沈藏담가 숙성시킨다’에서 왔다. 침장이 ‘팀장―딤장―김장’으로 바뀐 것이다.

김치를 종류별로 나누면 약 108종, 그 갈래 수를 모두 합치면 수백 가지가 된다. 배추김치만 하더라도 통배추김치, 양배추김치, 속대김치, 보쌈김치, 백김치, 씨도리김치, 얼갈이김치, 봄동겉절이김치, 강지, 배추겉절이김치 등 11종이나 된다.

장아찌오래 묵힌 지도 물론 김치에 속한다. 이것도 무려 23종이나 된다. 또한 동치미, 소박이, 깍두기, 겉절이, 생채, 식해 등도 모두 김치에 속한다. 동치미는 '동침冬沈겨울에 담금'에서, 깍두기는 '각독기刻毒氣 각을 내어 자른다'에서 온 말이다.

윤숙자, 『한국의 저장 발효음식』

동치미는 평안도의 명물이었다. 그래서 평양 냉면이 유명해진 것일까? 하긴 육수에 동치미 국물을 섞어 국수를 말아 먹으면 맛있을 수밖에. 그런데 총각김치라는 말은 어디서 유래한 것일까? 알다가도 모르겠다. 나는 남자임에도 총각김치를 깨물어 먹을 때마다 그 이름 때문에 왠지 야릇한 느낌이 들곤 한다.

서양에도 김치가 있다. 식초와 소금에 담가 절인 오이 피클이 바로 그것이다. 그 밖에 다른 김치는 아무래도 찾아보기 힘들다.

우리는 언제부터 김치를 담가 먹기 시작한 걸까. 우선 『삼국지』「위지동이전」에 '고구려에서는 채소를 먹고 있었으며 소금을 이용한 식품의 발효 기술이 뛰어났다'라는 기록이 나온다. 학자들은 우리나라 김치의 원형을 약 800년 전으로 추정하고 있다.

김치에는 동양의 음양론이 담겨 있다. 박용숙 선생이 쓴 『한국의 미학사상』의 한 대목을 보자.

우리나라의 김치는 단순히 채소를 저장해둔다는 의미를 넘어서 거기에 사상이 있음으로 해서 특별한 관심을 갖게 된다. 채소를 겨울에도 먹기 위해서라면 얼음 창고를 둔다거나 아니면 온실 재배를 해도 될 것이다. 그런데 우리나라의 김치는 처음부터 요리가 된 채로 저장되어진다. 왜 그랬을까? (…) 그 해답은 맛이라고 할 수 있다. 김치는 맛의 원리(비결)를 가지고 있다. 그러니 김치는 단순히 먹는 일상 식품으로서가 아니라 장독과 메주의 경우와 마찬가지로 신앙의 대상神主이 된다.

(…) 김치는 주원료가 배추와 무로 만들어진다. 그런데 배추는 씨를 뿌린 후에 위로 운동하여 성장하는 성질을 가지고 있는 반면, 무는 땅 밑으로 향해 운동하는 성질을 가지고 있으므로 배추는 플러스陽 질료가 되며 무는 마이너스陰 질료가 된다. 그래서 배추는 소나무로, 무는 우물로 비유되기도 한다.

음양이 섞이면 각기 고유한 맛을 잃고 전혀 색다른 맛으로 변한다. 이를 두고 '중용中庸의 맛'이라고 한다. 우리 몸의 양생養生에 좋다는 뜻이다. 우리가 무심코 어떤 음식을 먹을 때도 거기엔 음양의 조화가 깃들어 있게 마련이다. 가령 생맥주(찬 음식)와 치킨(더운 음식), 돼지고기(찬 음식)와 소주 혹은 새우젓(더운 음식), 생선회(찬 음식)와 소주 혹은 청주(더운 음식)의 조합만 봐도 그렇다.

맥주를 즐겨 마시는 사람은 체질적으로 몸이 더운 사람이다. 내 경우가 그렇다. 반대로 소주나 양주를 즐겨 먹는 사람은 대개 차가운 체질이다. 그럼 술을 안 마시는 사람은? 그가 평소 좋아하는 음식을 관찰해보면 된다. 김치만 봐도 알 수 있다. 무김치는 더운 체질의 사람이, 배추김치는 차가운 체질을 가진 사람이 좋아한다.

김장김치를 담글 때 배추와 무를 섞는 것도 음양의 조화를 고려해서다. 여기에 마늘, 파, 생강, 고추, 젓갈 등을 넣는다. 이렇듯 잘 조화가 된 상태를 두고 '금金의 원리'라고 부른다.

김치는 지역마다 담그는 법이 조금씩 다르다. 기후와 풍토 그리고 쓰이는 재료가 각기 다르기 때문이다. 북한 김치는 국물이 많고 싱겁다. 전라도와 경상도 지역은 고춧가루와 젓갈, 소금을 많이 넣기 때문에 맵고 짜다. 충청도는 그 중간쯤이다. 김치에 들어가는 젓갈의 종류도 지역마다 다르다. 남부 지역은 해산물이 풍부하므로 조기젓, 멸치젓 등 온갖 생선을 쓰고 서울과 충청도는 주로 새우젓을 쓴다. 북한은 아예 젓갈이 들어가지 않는 경우가 많다.

전에 황해도 김장김치를 먹어볼 기회가 있었다. 가깝게 지내는 선배의 어머니가 바로 황해도 분이었다. 황해도 김치는 맛이 담백하고 슴슴하고 시원하고 그윽하다. 고춧가루나 젓갈을 거의 쓰지 않고 단지 무채를 썰어 음양의 조화를 추구한 김치였다. 그러나 금방 쉬어버리는 단점이 있었다. 그럴 수밖에. 나는 북한 지역 김치를 남한에서 얻어먹었던 것이다.

젓갈이 발달한 전라도(특히 전라남도) 김치는 깊고 화려하다. 친구가 사는 해남에 자주 내려가 머물며 나는 남도 김치의 그 화려함에 놀라곤 했다. 남도에 창唱이 발달한 것도 이 때문일까, 라는 엉뚱한 생각까지 한 적이 있다. 김치뿐 아니라 남도 음식 자체가 깊고 화려하다. 영화 〈서편제〉를 찍은 해남 대둔사 아래의 유선여관 갓김치 역시 화려하기 그지없다.

같은 전라도라도 남도와 북도의 음식은 다르다. 김치를 포함한 전라북도 음식은 화려하긴 해도 담백한 맛이 있다. 아마도 중부권에 속해 있어서 그럴 것이다. 역시 기후와 풍토의 문제라는 생각이 든다. 예를 들어 전라북도의 갓김치는 전라남도 것에 비해 매운맛이 한결 덜하다. 대나무와 마찬가지로 갓도 북방한계선이 있기 때문이다.

갓김치는 여수 돌산에서 나온 것이 그중 맛있다고 한다. 잎이 붉은색을 띠며 고추냉이처럼 코를 확 쏘는 맛이 아주 그만이다. 겨우내 해풍을 맞고 자라야 그 매운맛이 나온다. 순천에 사는 친구 어머님에게서 직접 들은 얘기다. 그분은 전라북도 오수 출신인데 순천의 종갓집 맏며느리로 시집을 왔다. 그런 까닭에 음식에 관한 한 거의 인간문화재급이다. 제주도에 살 때 그분이 보내준 반건조 병어와 콩게젓과 갓김치를 잘 먹었는데, 아직까지 인사조차 드리지 못했다.

"고맙게 잘 먹었습니다."

삼십대 중반에 나는 입맛을 잃고 거식증에 시달리며 된장과 김치를 찾아 전국을 쏘다녔다. 밥 한 끼 맛있게 먹어보는 것이 참으로 소원이었다. 그전까지는 양식이든 중식이든 일식이든 가리지 않고 모두 잘 먹었다. 한때는 식탐에 빠져 그리스, 터키, 동남아, 중남미 등 온갖 나라의 음식을 닥치는 대로 먹으며 돌아다녔다. 한데 그게 문제였을까. 너무 잡식을 한 탓일까? 어느 날 불현듯(이런 표현이 가능할지 몰라도), 그야말로 완전히 입맛을 잃어버리고 말았다. 그러니 제대로 걷지도 못할 지경이었다. 먹을 수 있는 건 고작 국수와 회뿐이었다. 그렇다고 만날 국수와 회만 먹고 살 수는 없는 일이었다.

그러던 어느 날, 나는 강릉 경포대해수욕장 뒤에 있는 초당순두부 마을의 한 식당에서 가까스로 입맛을 회복했다. 그 김치 맛이라니! 주인 할머니에게 물어보니 식당 옆 소나무 숲에 김칫독을 몇 년씩 묻어두고 매일 쓸 만큼만 꺼낸다고 했다. 나는 김치를 손으로 죽죽 찢어 단숨에 밥 한 그릇을 다 먹어치웠다. 말하자면 묵은지였던 셈인데, 그럼에도 조금도 무르지 않고 군내가 나지 않았다. 김치에서는 은은한 솔향이 났다.

"잘 먹었습니다, 할머니. 몇 년 만에 고향집으로 돌아와 어머니가 차려준 밥을 먹은 기분입니다."

그로부터 나는 뜻하지 않게 한식주의자가 되었다. 어느덧 나이를 먹자 내가 한국 사람임을 내 몸이 일깨워줬던 것이다. 입맛이라는 것도 젊어서는 밖으로 나가 떠돌다 결국 태어난 곳으로 돌아오게 마련인 모양이었다.

사람은 자신이 태어난 곳 사방 십리에서 난 음식을 먹어야 무병장수한다고 한다. 현실적으로 그럴 수야 없는 노릇이지만, 그동안 나는 너무 외식과 잡식을 한 까닭에 어느 날 그만 입맛을 잃어버리고 말았던 것이리라.

독 속에 은둔하는 자들

마땅히 머문 바 없이 그 마음을 내어라.

『금강경』에 나오는 말이다. 땔나무 장사를 하며 홀어머니를 모시고 살던 혜능이 남의 집 앞을 지나다 우연히 엿들은 소리다. 문맹이었던 그는 이 독송을 듣고 활연대오, 그길로 홍인대사를 찾아가 마침내 의발을 전수받고, 달마대사로부터 시작된 중국 선불교의 맥을 잇는다. 그리고 혜능으로 전수된 선불교는 마침내 귀족주의의 허물을 벗고 대중 속으로 내려와 넓고 깊게 퍼지기 시작한다.

이십대 중반에 나는 공주의 한 절에서 일 년을 보낸 적이 있다. 군에서 제대할 무렵 혜능 스님의 『육조단경』을 읽고 크게 놀라 제대하고 나서 닷새 만에 이불을 싸들고 절로 들어갔다. 인생에 대해서 뭘 좀 깨닫고 싶었던 것이다.

하지만 깨달음은 그리 쉽게 찾아오지 않았다. 불교에서는 깨달음을 일러 흔히 '소식'이라고 말한다. 그래서 누군가 '한 소식' 했다는 소문이 들려오면 젊은 스님들은 밤잠을 못 이루고 몸부림친다.

집에서 떠나왔으되, 머리를 깎고 출가한 사문이 아니었던 나는 요사채 곁에서 곁방살이를 하며 책이나 읽으며 소일했다. 스님들은 내가 고시생인 줄로 알았다. 내가 아니라고 거듭 말해도 좀처럼 믿지 않는 눈치였다. 파랗게 젊은 놈이 절에 들어와 있을 까닭이 없었던 것이다.

고시생이 아님을 증명(?)하기 위해 나는 일주일이 멀다 하고 공주 시내에 내려가 술을 마시고 올라왔다. 한번은 크게 취해 돌아와 대웅전 안에서 쓰러져 자다 주지스님한테 들켜 맞아 죽을 뻔했다. 그래도 웬일인지 나를 쫓아내지는 않았다. 속세에서 온 웬 얼뜨기를 구경하는 재미로 그냥 놔뒀지 않나 싶다.

어느 날 공주에서 대학교를 다니던 막내 여동생이 감기약을 지어가지고 올라왔다. 경내에 하얀 불두화와 수국이 흐드러지게 피어 있던 봄날이었다. 감기약뿐 아니라 여동생은 치킨까지 싸들고 절로 왔다. 오랫동안 기름기에 굶주려 있던 나는 안에서 문을 걸어 잠그고 게걸스럽게 통닭을 먹어치웠다. 그러고는 닭뼈를 하필 대웅전 뒤편 지네가 득실거리는 밤나무 아래에 갖다버렸다. 닭과 지네가 천적 관계라는 사실을 미처 몰랐던 것이다. 다음 날 아침, 누가 고해바쳤는지 주지스님이 나를 불러내더니 귀를 잡고 밤나무 아래로 끌고 갔다. 수백 마리의 지네가 몰려들어 닭뼈를 갉아먹고 있었다. 그야말로 아수라가 따로 없었다.

이번에도 주지스님은 나를 쫓아내지 않았다. 아무리 생각해도 수수께끼 같은 일이다. 그 대신 끼니마다 공양주가 챙겨다주는 밥상의 메뉴가 달라졌다. 밥은 있으되 반찬은 장아찌 몇 조각뿐이었다. 그리고 사기 사발에 담긴 냉수 한 그릇. 한 달 동안 나는 오직 장아찌로만 하루 세 끼 밥을 먹어야 했다. 그래도 공양주가 딴에는 내 생각을 해줬는지 장아찌의 종류가 며칠 단위로 바뀌었다. 참외장아찌, 깻잎장아찌, 오이장아찌, 감장아찌, 고사리장아찌, 절에서 먹는 두부장두부를 으깨 베로 물을 빼내고 된장에 박아 만든다…….

내 생애 그토록 정갈한 밥상을 받아보기는 그제나 이제나 처음이었다. 그 밥은 맛있었다. 말할 것도 없이 장아찌 덕분이었다. 어느 장아찌든 된장독 속에 오래 박아둔 터라 깊은 맛이 배어나왔다. 장아찌가 밥도둑 역할을 한 것이다.

한 달이나 장아찌 반찬으로 밥을 먹는 동안, 나는 몸과 마음이 지극히 맑아지는 경험을 했다. 그 장아찌들은 묵언默言으로 전하는 스님의 말씀이었던 것이다. 오늘날까지도 내게 장아찌는 하나의 법法이다.

하안거음력 4월 15일부터 7월 15일까지 외출을 금하고 수행에만 전념하는 제도와 동안거음력 10월 15일부터 이듬해 1월 15일까지 동안 스님들은 석 달씩 선방이나 토굴에 들어가 화두를 붙잡고 수행에 정진한다. 독 속의 장아찌처럼 말이다. 결제가 풀리고 선방이나 토굴에서 나올 때 '한 소식' 하는 게 스님들의 변치 않는 오랜 염원이다. 그러니 고추장이나 된장 속에 깊숙이 박혀 스스로 맛이 밴 장아찌야말로 '한 소식' 그 자체라고 말할 수 있으리라.

스님들이 하안거와 동안거에 들기 전 목욕재계하고 마음을 정갈히 하듯, 장아찌가 될 채소는 독 속에 넣기 전 소금에 절이거나 그늘에서 꾸덕꾸덕 말린다. 조금 딱딱한 표현이지만 이를 전문용어로는 '생활 세포를 사멸시킨다'고 한다. 채소에 물기가 남아 있으면 장도 장아찌도 상한다. 장에 있는 효소의 오랜 소화 작용으로 장아찌의 재료는 원래의 세포기능을 완전히 잃고 더욱 풍미 있는 음식으로 변한다. 그들은 독 속에 은거하는 동안 스스로 깨달아 나온 자들이라 할 수 있다. 그러니 다른 음식과는 무게감과 존재감이 다르다. 장아찌가 김치류에 속하면서도 기호품으로 분류되는 까닭도 여기에 있다.

나는 몸과 마음이 혼탁할 때면 여전히 장아찌만으로 밥을 먹는다. 그리고 식사를 끝낸 뒤에는 반드시 냉수를 마신다. 장아찌는 '마땅히 머문 바 없이 그 마음을 내어라'의 그 말씀에 값하는 음식이다. 그 자체가 하나의 선禪이고 법法이다.

장아찌는 간장, 된장, 고추장에 박아 만든다. 오이, 무, 가지, 배추, 미나리, 도라지, 더덕, 마늘, 마늘쫑, 풋고추, 깻잎, 가지 등의 채소를 재료로 하며 곶감, 참외, 개암 등의 과일도 쓴다. 또 육장肉醬이라는 게 있다. 말 그대로 고기나 생선으로 담근 장이다. 소고기, 양고기, 토끼고기, 닭고기, 꿩고기는 물론이고 북어, 전복, 오징어, 연어, 방어, 숭어, 도미, 민어, 준치, 문어 등의 생선도 장아찌로 담가 먹는다. 생선은 해안 지역에서, 채소와 과일은 내륙 지역에서 장아찌의 재료로 썼다.

장아찌는 밥상의 조연이면서 없으면 서운한 일등 공신이다. 젓갈도 이와 비슷하다고 할 수 있다. 밥맛이 없을 때는 더욱 그 진가를 발휘한다.

이미 오래전의 일이다. 재래 장아찌가 먹고 싶어 아내와 함께 남대문시장을 찾아갔다. 그곳이라면 틀림없이 '진품 장아찌'가 있을 테고, 또 믿고 살 수 있으리라 생각했다. 이 골목 저 골목을 뒤지다 보니 과연 장아찌가 있었다. 좌판에 앉은 할머니가 무장아찌를 내놓고 팔고 있었다. 아쉽게도 내가 먹고 싶었던 된장 무장아찌가 아닌 간장 장아찌였다. 그래도 반가운 마음에 한 개를 샀다. 간장물이 곱게 잘 들어 있었다. 그런데 집에 와서 부엌칼로 썰어보니 이게 웬일인가. 무 속이 대낮처럼 환했다. 그것은 무장아찌가 아니라 단지 무짠지에 불과했던 것이다.

이제 어디 가서 제대로 익은 장아찌를 먹을 수 있을까. 백화점이나 할인마트 식품 코너에 가도 웬일인지 장아찌는 찾아보기 힘들다. 있다 하더라도 물감을 들인 듯 설익은 짠지에 불과하다.

앞으로 된장, 고추장, 간장을 직접 담글 수 있는 사람은 점점 적어질 것이다. 김치 또한 그러하리라. 식품회사에서 제조 판매하는 고추장, 된장으로 연명할 생각을 하니 벌써 마음 한구석이 서운하다. 그때쯤 되면 장아찌는 아예 사라지고 없을지도 모른다.

이십대 중반에 절에서 먹던 그 장아찌들을 생각하면 늘 떠오르는 말이 있다. 『열반경』에 나오는 말이다.

법등명法燈明 자등명自燈明!

진리로 등을 밝히고 스스로 등을 밝히다!

어머니의 짠 젓

기장 대변항에서 해마다 열리는 '멸치축제'에 가본 적이 있다. 기장은 행정구역상 부산광역시에 속한 지역이다. 4월이었던 걸로 기억한다. 섬진강을 끼고 있는 하동 쌍계사 주변에 벚꽃이 난분분할 때였으니 말이다.

새벽에 멸치를 잡으러 나갔던 배들이 아침에 항구로 들어와 그물 터는 광경을 지켜보았다. 어부들의 힘찬 노랫소리와 함께. 어부들이 부르는 그 노래는 조용필의 〈돌아와요 부산항에〉나 기타 유행가가 아니었다. 그물털이를 할 때만 부르는 이른바 〈멸치 어부가〉였다.

그물털이를 하는 주변에는 온갖 사람이 몰려 있었다. 나처럼 구경 삼아 와 있는 사람도 있었지만 대개는 멸치와 관계된 사람들이었다. 어촌계 직원, 경매인, 식당 주인 그리고 개별적으로 멸치를 사러 온 사람들.

어부들이 그물털이를 하는 동안 그물 밖으로 튀어나온 멸치들을 열심히 통에 주워 담는 사람들이 있었다. 하지만 그것은 누구한테나 허용된 것이 아니었다. 옆에 서 있던 사람에게 슬쩍 물어보니, 그들은 가난한 토박이 시장 장사꾼들이란다. 대개는 할머니들로 가판대에 앉아 손님에게 고작 천 원, 이천 원을 받고 한 그릇씩 멸치를 담아 파는 사람들이었다. 오직 그 사람들만이 멸치를 공짜로 주워 담을 수 있었다. 그렇게라도 해서 먹고살라는 어부들의 배려였다. 그 지방의 오랜 풍습이자 전통이었다. 이 얼마나 아름다운 풍속인가!

어부들이 잡아온 멸치는 그 자리에서 여러 용도로 분류돼 소비됐다. 경매용과 식당 영업용으로 나눠 판 다음, 나머지는 통에 넣고 소금을 쳐 젓갈을 담갔다. 늦가을에 김장용으로 쓸 젓갈을 미리 사러 온 이들에게 팔기 위한 것이었다. 구경을 마치고 나서 나는 바다가 내다보이는 식당에 들어가 생멸치 된장찌개와 멸치회로 점심을 먹었다.

1997년 봄, 쌍계사에 머물다 바람이나 쏘일 겸 찾아갔던 대변항 풍경이었다. 운이 좋았던 것 같다. 1997년은 대변항 멸치축제가 처음 열린 해였으니까.

전라남도 해남에 가면 재래시장 어귀에 오래되고 허름한 작은 음식점이 있다. 소고기집으로 유명한 곳이다. 비결을 물어보니, 그날 잡은 한우 고기만을 쓴다고 한다. 고기를 먹고 나면 보통 후식(?)으로 흰 쌀밥에 토하젓을 비벼 먹는다. 토하젓은 나주 영산강에서 나는 조그만 민물새우를 잡아 젓갈로 담근 것이다. 조선시대 진상 품목이었을 만큼 맛이 좋다.

한때 나는 서울 인사동의 '영산강'이라는 식당에 자주 드나들었다. 쌀밥에 토하젓을 비벼 먹고 싶을 때마다. 그 집은 또한 토하를 듬뿍 넣은 무찌개가 일품이었다. 벌써 십여 년이나 지난 얘기인데, 지금도 그 자리에 그대로 있는지 모르겠다. 그 집에서 나는 얼마나 많은 사람들을 만났던가.

다시 젓갈 얘기로 돌아가자.

언젠가 텔레비전에서 〈한국의 미〉라는 특집 프로그램으로 '젓갈'을 다룬 적이 있다. 지도상으로 분포 지역을 보니 우리나라를 포함해 동남아와 중국 일부가 포함돼 있었다. 아프리카에도 젓갈이 있다고 한다. 하지만 그들은 생선을 통에 담가 소금을 뿌려두는 정도다. 얼마쯤 지나 젓국이 생기면 간장 대용으로 쓴다. 젓갈보다는 간장을 필요로 하는 것이다. 동남아나 중국도 사정이 비슷했다. 하지만 우리나라의 젓갈은 종류가 다양할뿐더러 김치와도 깊은 연관성을 가지고 있다.

삼면이 바다인 우리나라는 오래전부터 발효, 저장 식품의 하나로 젓갈이 발달했다. 농경을 주업으로 하는 곡류 문화권인 데다, 사계절의 구분이 뚜렷해 저장 식품이 필요했던 것이다. 젓갈뿐 아니라 발효 식품의 수준은 우리나라가 단연 으뜸이라고 할 수 있다. 가까운 중국, 일본과도 비교가 되지 않는다. 이 위대한 발효 문화에서 나는 우리 민족만의 독특한 정서와 깊이가 형성됐다고 생각한다. 젓갈은 술과 달라서 타민족과 쉽사리 입맛을 공유할 수 없다.

젓갈은 대개 소금 농도가 20퍼센트 정도이고 굴젓이나 알젓 등은 10퍼센트 정도다. 2~3개월 단기 숙성시킨 것을 '젓'이라고 하고 6개월 이상 장기 숙성시켜 찌꺼기를 걸러낸 것을 '젓국'이라 한다. 각 지방과 계절마다 담그는 종류의 차이가 있음은 물론이다. 김치를 담글 때도 경상도와 전라도는 멸치젓을, 서해안 지역은 꼴뚜기젓국과 새우젓국을 주로 사용한다. 그리고 동, 남부 지역은 매가리전어 새끼젓국을 쓰고, 남부 지역은 갈치젓국을 많이 사용하고 있다. 서울 경기 지방은 조기젓과 새우젓을 주로 쓴다.

윤숙자, 『한국의 저장 발효음식』

나는 충청남도 사람이므로 어리굴젓과 새우젓을 많이 먹고 자랐다. 새우젓은 충남 광천 지방의 것을 알아준다. 광천 새우젓이

유명해진 이유는 바로 저장 조건 때문이다. 광천 주변은 예로부터 벼루를 만드는 오석烏石 광산과 석탄 광산이 많았다. 지금도 광천에서는 새우젓을 주로 폐광 안에 들여놓고 숙성시킨다. 젓갈을 숙성시키고 저장하는 데 알맞은 10~15도의 온도를 이 인공 토굴이 제공하기 때문이다.

오월에 담근 것을 '오젓', 유월에 담근 것을 '육젓', 가을에 담근 것을 '추젓', 겨울에 담근 것은 '동백하젓'이라고 부른다. 육젓은 김장용으로 쓰고 오젓과 추젓은 반찬으로 먹는다. 알다시피 새우젓은 계란찜에 흔히 사용할 뿐 아니라 돼지머리나 편육을 먹을 때 양념으로 사용하기도 한다.

어리굴젓은 서산 간월도의 것이 가장 유명하다. 주재료인 굴이 다른 지방의 것보다 작고 차지며 고소하기 때문이다. 늦가을에 채취한 굴을 잘 씻어 소금과 함께 항아리에 넣고 열흘쯤 푹 익힌 뒤, 곱게 간 고춧가루를 넣고 버무려 먹는다. 밥맛이 떨어질 때마다 어머니는 곧잘 그 붉은 어리굴젓을 사와 밥상에 올려놓곤 했다. 어리굴젓은 서산뿐 아니라 당진, 예산 것도 유명하다. 간월도 어리굴젓이 특히 유명한 것은 조선시대 진상 품목이었기 때문이다.

각종 젓갈에 붙은 방언을 풀이하는 재미도 꽤 쏠쏠하다. 경기도의 비웃젓은 청어젓을 말한다. 충청도의 싸시랭이젓은 꽃게의 새끼를 젓으로 담근 것이다. 해피젓의 원료는 바지락 조개다. 충청도에서는 민어 아가미를 젓갈로 담그기도 하는데, 말 그대로 민어아가미젓이다. 강원도에는 서거리젓이 있는데 북어 아가미로 담근 것이다. 경상도의 꼴뚜기젓은 호라가젓으로 불리고, 대구 내장젓은 장지젓이다. 전라도의 돔배젓은 전어 내장이 원료인데, 경상도에서는 이를 따로 밤젓이라 부른다. 전라도 젓갈 중에 가장 재밌는 이름을 가진 것이 벌떡게게장젓이다. 제주도의 게웃젓은 전복 내장으로 담근 것이다. 각기 이름이 독특한 만큼 맛도 모두 다르다.

나는 이 모든 젓갈의 이름을 한마디로 줄여 '어머니의 짠 젖'이라 부르기도 하였다. 어머니가 들으시면 그다지 좋아하지는 않겠지만.

물고기의 맛

그것이 바로 산 것과 죽은 것의 명백한 차이였다.

그때 나는 새삼 깨달았다.

살아 있음 자체가 아름다운 것이라고.

사람을 널리 이롭게 하다   명태

명태만큼 다양한 이름을 지닌 바닷물고기도 없으리라. 이는 사람에게 그만큼 여러모로 헌신한다는 뜻이기도 하다. 우선 잡는 방법과 시기에 따라 명태는 여러 이름을 갖는다.

유자망으로 잡은 것은 그물태 혹은 망태라고 한다. 봄에 잡힌 것은 춘태, 겨울에 잡힌 것은 동태다. 산란 후에 잡힌 것을 꺽태라 하고 작은 명태는 막물태막바지 철에 잡은 작은 것라고 부른다. 그 밖에도 북어건태, 선태갓 잡은 싱싱한 것, 왜태특태, 애기태앵치가 있다. 애기태를 반건조시키면 코다리가 되고, 완전 건조시키면 노가리라는 이상야릇한 이름으로 변한다.

명태를 '명태'라 부르기 시작한 데는 유래가 있다. 조선 인조 무렵 함경도 관찰사가 부임해 명천군으로 초도 순시를 나갔는데, 반찬으로 나온 생선이 맛이 있어 그 이름을 물어보니 "이름은 잘 모르고 명천에 사는 태씨가 처음 잡아온 물고기"라고 하더란다. 그때부터 명태라 불렀다고 한다.

황태는 대부분 강원도 대관령평창군 횡계리과 진부령인제군 용대리 덕장의 겨울 찬바람 속에서 건조시킨 명태. 밤 기온 영하 15도에서 서너 달을 잘 말려야 황태가 된다. 짐작하듯 낮과 밤의 기온 차이가 건조 조건의 핵심이다. 그렇지만 모두 황태의 꿈을 이루는 건 아니다. 머리가 잘린 놈은 무두태, 몸뚱이가 해체된 놈은 파태, 속이 딱딱한 놈은 골태, 검은빛을 띤 것은 흑태로 분류돼 좋은 대접을 받지 못한다. 그러니 제대로 된 황태를 얻기란 가마에서 그릇을 구워내는 것만큼의 시간과 공력이 필요한 셈이다.

겨울의 황태 덕장은 그 풍경이 장엄하다. 바다에서 잡힌 명태가 깊은 산중에서 눈보라와 햇빛과 어둠에 번갈아 익어가는 과정은 사람이 도를 닦고 법을 구하는 일만큼이나 지난하다. 그것이 마침내 황태국이란 이름으로 아침 밥상에 올라오면 사람의 울혈진 속을 달래주는 맑고 뜨거운 해장국으로 변한다. 나 역시 해마다 속초와 강릉과 양양을 오르내리며 얼마나 많이 황태국으로 쓰린 속을 달랬던가. 속초 동명항의 허름한 횟집에서 가자미, 도다리, 미역치, 돌참치를 회로 썰어놓고 마신 소주는 또 얼마인가. 그 때마다 황태국은 설악에 쌓인 눈처럼 내 지친 몸과 마음을 맑게 풀어주곤 했다.

중부 지역에서는 명태를 단순 건조시킨 건명태를 재료로 끓인 북엇국을 많이 먹었다. 전날 폭음을 하고 돌아온 남편을 위해 아내는 다듬잇돌에 북어를 올려놓고 방망이로 두들겨 팼다. 만날 술만 마시고 돌아오는 남편이 미워 아내는 더욱 세게 방망이질을 했다. 북어를 패면서 대신 울화를 풀었다. 또 그렇게 두들겨 맞아야만 북어는 껍질이 잘 벗겨지고 결 따라 살도 잘 풀렸다. 어느 집이든 북엇국엔 그런 의미가 숨어 있게 마련이었다. 북어 입장에서 보면 그런 살신성인이 없는 것이다.

동태탕은 서민의 겨울 밥상을 푸짐하게 만들어준다. 쑥갓 향을 맡으며 머리를 발라 먹는 일은 밥상머리에서 겨울을 나는 재미 중 하나였다. 쫄깃한 내장과 알까지 들어 있으면 반주하기에 딱좋다. 수놈 명태의 정소인 '고니'는 지금도 고급 안주로 취급하고 있다. 이렇듯 명태는 하나도 버릴 게 없는 생선이다. 짐승으로 치면 소와 비슷하다. 창자는 창란젓을, 알은 통째로 꺼내 명란젓을 담근다.

강원도 사람들이 앵초라고 부르는 작은 명태는 쌀밥과 함께 식해로 담가 뼈가 삭으면 꺼내 먹는데, 한번 맛보면 그 새콤하고 산뜻한 맛을 두고두고 잊을 수 없다. 이것이 바로 '명태 식해'다. 또한 신선한 명태의 아가미를 따내 무채와 함께 양념을 넣고 버무려 먹는 명태 서거리 또한 별미다. 매콤하면서도 차고 구수한 맛이 일품이다.

'노가리'는 부산에서 유래한 말이라고 한다. 대학생 때 나는 술

안주로 노가리 구이를 참 많이도 먹었다. 노가리는 싸리나무 꼬챙이에 열 마리씩 끼워져 있었다. 한결같이 눈을 부릅뜬 채 입을 쩍 벌리고 있는 것을 포장마차 주인은 꼬챙이째 연탄불에 구워 접시에 담아주었다. 뜨거운 노가리를 꼬챙이에서 한 마리씩 빼내 손에 검댕을 묻혀가며 껍질을 벗기고 살을 찢어내 초고추장에 찍어 먹었다. 연애 중인 자들은 옆에서 여자친구가 그 궂은일을 대신해주었다. 그 시절엔 그것도 하나의 풍속이었다.

〈명태〉라는 노래가 있다. 양명문이 쓴 시에 변훈이 곡을 붙여 오현명이 부른 가곡이다.

검푸른 바다, 바다 밑에서
줄지어 떼 지어 찬물을 호흡하고
길이나 대구리머리가 클 대로 컸을 때

내 사랑하는 짝들과 노상
꼬리 치고 춤추며 밀려다니다가
어떤 어진 어부의 그물에 걸리어

살기 좋다는 원산 구경이나 한 후
에지푸트이집트의 왕처럼 미라가 됐을 때
어떤 외롭고 가난한 시인이

밤늦게 시를 쓰다가 쐬주를 마실 때
(카아!)
그의 시가 되어도 좋다
그의 안주가 되어도 좋다

짜악 짝 찢어지며 내 몸은 없어질지라도
내 이름만은 남아 있으리라
명태, 명태, 라고 이 세상에 남아 있으리라

이 노래가 처음 발표되었을 때, '이것은 가곡이 아니다'라는 악
평을 들었다고 한다. 하지만 그게 무슨 상관이랴. 내가 대학에 다
니던 80년대 초반까지만 해도 〈명태〉는 술자리에서 자주 부르던
노래였다. 오래 불리는 데는 그만한 까닭이 있으리라.

'고성명태축제' 현장에 가본 적이 있다. 고성은 전국 명태 어획

량의 대부분을 차지하던 곳이다. 동해 명태잡이는 조선 말까지만 해도 어획고 중 단연 수위를 차지하던 어업이었다. 그러나 안타깝게도 지금은 사정이 달라졌다. 해마다 어획량이 줄고 있는 것이다. 그물을 걷어올리면 고작 두세 마리가 올라올 뿐이라고 한다. 그런 까닭에 러시아산 명태가 축제에 쓰이고 있는 실정이다. 대관령, 진부령 황태 덕장에 걸려 있는 명태도 씁쓸하지만 대개는 러시아산이라고 보면 된다.

명태는 대구와 함께 대표적인 한류성 어종이다. 우리나라에서 겨울에 잡히는 명태는 러시아의 오호츠크해와 베링해에서 형성된 한류대를 따라 동해로 내려온 것들이다. 그런데 십수 년 전부터 동해안의 해수 온도가 점점 올라가고 있다. 우선 지구온난화에 따른 환경 변화를 원인으로 꼽을 수 있다. 바닷물이 따뜻하면 명태는 오지 않는다. 오다가도 되돌아간다. 한데 명태가 잡히지 않는 이유가 단지 수온 탓일까?

서해안과 달리 동해안은 정화작용을 해주는 개펄이 없어 농업용수와 축산용수가 그대로 바다로 흘러 들어간다. 명태는 민물의 은어나 쏘가리처럼 일급수를 따라다니며 회유하는 어종이다. 더욱 근본적인 이유는 어자원의 고갈이다. 작은 명태까지 모두 잡아버려 이제는 씨가 말라가고 있는 것이다. 젊어서 내가 자주 술 안주로 먹었던 노가리의 정체가 바로 그것이다. 요즘은 어디를 가도 노가리를 보기가 힘들다. 작은 명태는 잡을 수 없도록 해양 수산부에서 뒤늦게 조치를 취했기 때문이다. 노가리를 먹던 시절 엔 우리 모두가 가난하였고 어부들도 사정은 마찬가지였다.

언제쯤 다시 명태가 동해안으로 떼를 지어 몰려들까?

그 푸른 힘으로 고등어

고등어는 봄에 제주도 성산포 근해로 몰려와서 남해안으로 북
상한다. 남해를 거쳐 그중 한 떼는 동해로, 한 떼는 서해로 올라
간다. 그리고 9월에서 1월 사이에 다시 남쪽으로 내려간다. 약 사
십 년을 주기로 서해로 올라가는 무리가 성해지면 동해로 올라
가는 무리가 쇠해지고, 동해로 올라가는 무리가 성해지면 서해로
올라가는 무리가 쇠해진다고 한다.

고등어는 여름 어종이다. 꽁치, 청어와 함께 대표적인 '등 푸른
생선'에 속한다. 어느 집 밥상에서나 쉽게 볼 수 있는 생선이 또
한 고등어다. 다른 생선에 비해 많이 잡고 그만큼 값도 싸다.

성산포 앞에 있는 우도에서 한여름에 낚시를 한 적이 있다. 고
등어는 떼를 지어 몰려다니므로 한번 잡히기 시작하면 계속해서
잡힌다. 밤에는 말할 것도 없다. 게다가 탐식성이 워낙 강해 미끼
를 던지자마자 물고 늘어진다. 성질도 급해 낚여 올라오면 불과
몇 분을 버티지 못하고 제풀에 숨을 놓는다.

그때 나는 난생처음 살아 있는 고등어를 손으로 만져보았다.
감성돔을 잡은 것만큼 가슴이 뛰었다. 어쨌든 처음 잡아보는 어
종이었으니까. 게다가 35센티미터쯤 되는 커다란 고등어였다. 힘
도 무척 셌다. 무엇보다 나를 감동시킨 것은 하얀 뱃가죽과 그 푸

르른 등이었다. 그 색깔은 놀라울 정도로 선명하고 아름다웠다. 시장에 가서 얼음 위에 누워 있는 고등어를 볼 때와는 전혀 느낌이 달랐다. 그것이 바로 산 것과 죽은 것의 명백한 차이였다. 그때 나는 새삼 깨달았다. 살아 있음 자체가 아름다운 것이라고.

또 하나. 그때까지 나는 고등어가 그토록 맛있는 생선인지 몰랐다. 갓 잡은 것을 통째로 소금에 구워 먹으니 다른 반찬이 눈에 들어오지 않았다. 무조림을 해도 그랬다. 살이 뽀얗고 폭신폭신한 게 씹을 사이도 없이 목구멍으로 넘어갔다. 고소하고 향기롭기가 이를 데 없었다. 왜 지금까지 고등어를 먹으며 이 맛을 깨닫지 못했던 것일까? 흔하면 맛을 모르는가. 아니, 역시 신선한 상태로 조리를 해서 그럴 터였다.

제주도에서는 고등어를 회로 먹는다. 잡히면 금방 죽고 쉽게 상하는 생선이기 때문에 서울에서는 좀처럼 먹기 힘들다. 횟감으로 쓰이는 고등어는 잡는 즉시 머리에 침을 놓는다. 이를 '수면 고등어'라고 한다. 살아 있으되 움직임이 둔하다. 물론 제주도에 가면 횟집 수족관에서 고등어를 쉽게 볼 수 있다. 그러나 수족관 안에서 오래 활동하다 보면 몸에서 기름기가 빠져 맛이 떨어진다. 다른 생선도 마찬가지다. 수면 고등어는 그러한 점을 고려해 인위적으로 활동을 중지시킨 상태라고 보면 된다. 조금은 잔인하다는 느낌이 든다. 수면 고등어회를 먹다가 한번은 옆사람에게 넌지시 이런 얘기를 했더니, 물고기는 통점이 없단다. 통점이란 말 그대로 아픔을 느끼는 신경조직이다. 과연 그럴까? 그렇다면 그나마 다행일 텐데.

정약전은 『자산어보』에서 고등어를 이렇게 적고 있다.

길이 두 자 정도로 몸이 둥글고 비늘이 매우 잘며, 등이 푸르고 무늬가 있다. 맛은 달콤하며 탁하다. 국을 끓이거나 젓을 만들 수 있으나 회나 어포로는 만들지 못한다. 추자도 여러 섬에서는 5월에 낚시에 걸리기 시작하여 7월에 자취를 감추며 8~9월에 다시 나타난다. 흑산 바다에서는 6월에 낚시에 걸리기 시작하며 9월에 자취를 감춘다.

여기서 주목할 게 있다. 먼저 '길이 두 자 정도'라는 대목이다. 한 자는 30.3센티미터다. 두 자라면 약 60센티미터라는 뜻이다. 나는 지금껏 이렇게 큰 고등어는 한 번도 본 적이 없다. 아주 큰 놈이라고 해도 40센티미터 정도가 고작이다. 그렇다면 옛날엔 고등어가 지금보다 훨씬 컸다는 얘기일까? 두 번째는 '회나 어포로는 만들지 못한다'는 대목이다. 당시에는 고등어회를 먹지 않았다는 뜻이다. 적어도 흑산도에서는 말이다. 이는 가능한 얘기다. 오늘날에도 제주도를 제외하고는 일반적으로 고등어회를 먹지 않는다.

기름기가 많은 생선임에도 고등어회 맛은 의외로 담백하고 고소하다. 입 안에 남는 뒷맛도 달차근하니 향기롭다. 살이 무른 편이므로 식초장에 고추냉이를 풀어 찍어 먹는다. 두 마리만 회를 떠놓으면 서너 사람 술안주로 적당하다. 제주에 사는 동안 나는 당시 제주대 의과대학 이창인 선생과 가끔 만날 기회가 있었는데, 그분은 한 번의 예외도 없이 제주시 연동에 있는 수면 고등어 횟집으로 나를 불러내곤 했다. 아직도 그 집에 자주 가시는지 모르겠다.

대구에 가면 '고갈비'라는 게 있다. 고등학교 때 문우文友를 만나러 대구에 갔다가 처음 먹어본 음식이다. 주로 막걸리 안주로 먹는다. 고추장 양념을 듬뿍 바른 고등어 한 마리를 통째로 알루미늄 포일에 싸서 연탄불에 굽는다. 정확히 말하면 익힌다고 볼 수 있다. 포일을 벗겨내면 고등어는 전혀 타지 않은 채 매콤한 냄새와 함께 몸통에서 김이 무럭무럭 올라온다. 저녁을 거르고 술을 먹을 때는 막걸리와 함께 아주 제격이다. 대구에서 고등어를 그렇게 맛있게 먹을 수 있다는 사실이 조금은 생소했다.

간고등어로 유명한 안동도 바다와 멀리 떨어져 있기는 마찬가지다. 사실은 그런 지리적 조건 때문에 '안동 간고등어'가 생겨났다고 할 수 있다. 간잽이소금 치는 사람로 평생을 살아온 이동삼 씨의 말이 재밌다.

경북 영덕 강구에서 안동 챗거리 장터까지는 백오십 리가 넘어. 1960년대까지 소달구지에 고디고등어를 싣고 그 길을 다녔지. 새벽에 출발해 해가 넘어가면 고디 눈도 함께 넘어가눈이 상한다는 뜻. 이때 거랑개울가에서 소금을 쳤지. 옛날엔 나도 몰랐는데, 상하기 직전에 나오는 효소와 소금이 어울려 간고등어가 제맛을 낸다는 사실을 나중에 알았어.

지리적 여건의 불리함이 독특한 고등어 염장법을 탄생시킨 셈이다. 새로운 음식(문화)은 대개 이런 식의 우연을 통해 생겨나곤 한다. 간고등어는 안동 말로 '얼간재비'라고 부른다. 짜지 않고 슴슴하면서도 쫄깃하고 담백한 맛이 다른 간고등어와는 확실히 구별된다. 이동삼 씨의 말에 따르면, 제대로 된 염장과 숙성 기간을 거쳐야 '간'이 '맛'으로 변한다. 우선 냉동 고등어를 네 시간 동안 물에 녹인 뒤 내장을 깨끗이 발라내고 염장을 한다. 그리고 소금 물에 두 시간 동안 담가 뼛속까지 간이 배도록 한다. 그다음에 마른 소금을 치고 영하 4도의 창고에서 열두 시간 내지 스물네 시간을 숙성시켜야만 비로소 안동 간고등어가 된다.

이제 과거의 일이 되어버렸지만, 서울 광화문에 나가면 가끔 교보문고 옆에 있는 생선구이집 골목을 찾곤 했다. 일명 '피맛골'이라 불리던 곳이다. 골목에 들어서면 온통 생선구이 냄새로 가득했다. 그냥 지나치기만 해도 옷에 생선 냄새가 배어 버스나 지하철을 타면 사람들이 쳐다보곤 했다.

90년대 초반 직장에 다니면서 나는 광화문에 나갈 때마다 그 골목을 찾곤 했다. 교보문고와 가까운 탓도 있지만 유난히 생선을 좋아했기 때문이다. 양념장에 고등어나 삼치구이를 찍어 먹다 보면 어느덧 밥공기가 비곤 했다. 하루도 쉴 틈 없이 바쁘고 고달픈 시절이었다.

온몸에 칼집이 난 채로 뜨겁게 불에 구워져 접시 위에 놓여 있는 고등어. 흰 속살의 푸근한 달콤함과 기름기의 고소함. 가끔씩 이빨에 씹히는 왕소금의 맛!

고마운 이여, 나는 너의 그 푸르른 힘을 빌려 간신히 그 시절을
지나왔다.

칼과 입술

요즘도 음식점에 가면 메뉴판에 '칼치구이'나 '칼치조림'이라고 씌어 있는 것을 가끔 보게 된다. 이런 경우 음식점 주인은 대개 나이가 지긋한 할머니다. 어쩌면 그 할머니는 '갈치'는 틀린 말이고 '칼치'가 맞다고 생각하고 있을 것이다.

『자산어보』에서는 갈치를 '군대어裙帶魚'라고 표기하고 있다. 체형이 길쭉한 띠처럼 생겼다고 해서 붙여진 이름이다.

모양은 긴 칼과 같다. 큰 놈은 8~9자에 이른다. 입에는 단단한 이가 빽빽하게 늘어서 있는데, 물리면 독이 있다. 맛은 달다. 침어의 종류이지만 몸이 약간 납작하다.

9자라면 무려 2미터 70센티미터다. 종류를 불문하고 옛날 물고기가 확실히 크긴 컸던 모양이다. 혹시 산갈치배두라치를 두고 그렇게 말했던 게 아닐까? 여의도 63빌딩 수족관에 전시돼 있는 은색의 그 큰 물고기 말이다. 부산에서 산갈치가 잡혀 신문에 나온 적이 있다. 일 년에 보통 두세 마리쯤 잡히는 것 같다.

아무튼 정약전은 『자산어보』에서 갈치에 대해 매우 중대한 서술을 하고 있다. 바로 "모양은 긴 칼과 같다"란 말이다. 갈치라는 이름이 '칼'에서 비롯했음을 확인할 수 있는 대목이다. 그러므로 '칼치'도 어법상 맞다고 할 수 있다.

갈치와 비슷한 물고기 중에 동갈치라는 게 있다. 갈치와 생김새가 흡사하지만 자세히 보면 기다란 부리(주둥이)를 가지고 있다. 또한 몸이 약간 푸른빛을 띤다. 회를 떠보면 살빛도 푸르다. 전라북도 위도에서 나는 이 동갈치를 몇 마리 잡아보았다. 처음엔 물론 갈치인 줄 알았다. 그런데 아무래도 맛이 이상했다. 회 맛이 갈치와는 비교가 되지 않았다. 나중에 어부들한테 보여주니 갈치는 갈치되 바로 동갈치라고 했다. 수산물 시장에서는 구경하기 힘든 물고기다. 맛이 없어서 그런 모양이다.

7월이 되면 제주 바다는 오징어(한치)잡이 배들과 갈치잡이 배들이 켜놓은 집어등으로 밤마다 불야성을 이룬다. 동서남북 어디든 섬 전체가 대낮처럼 환하다. 바다 앞에서 바라보면 그 불빛들은 수평선에 일렬로 떠 있는 것처럼 보인다. 하지만 한라산 중산간 자락에 올라가 내려다보면 바다에 배들이 불을 밝히고 떠 있어 마치 전시戰時를 방불케 한다. 수평선 쪽에 떠 있는 것은 갈치잡이 배들이고, 섬 가까이 떠 있는 것은 오징어잡이 배들이다.

특히 동쪽 성산포 앞바다의 우도는 여름철 갈치잡이로 유명한 곳이다. 낚시꾼들이 배를 빌려 타고 갈치를 잡을 수 있는 유일한 곳이기도 하다. 갈치뿐 아니라 여름엔 오징어와 고등어로 바다가 들끓는다. 살아 있는 갈치는 그 자태가 너무도 황홀하고 아름답다. 은빛 비늘이 거울처럼 투명하다. 머리 부분에서 등을 따라 꼬리까지 길게 이어진 지느러미는 물결처럼 쉼없이 꿈틀거린다. 대개 '치' 자 돌림 생선은 성질이 급하다고 한다. 갈치도 그렇다. 살아 있는 잠시, 갈치는 보는 이로 하여금 두려움에 가까운 절정의 아름다움을 선사한다. 달밤에 갈치가 걸려 올라오는 것을 보면 농악대의 상모처럼 둥글게 휘어지며 허공에서 은빛으로 반짝인다. 그러나 갈치를 손으로 만질 때는 주의해야 한다. 반드시 목을 잡아야 한다. 자칫 이에 물리면 그 아픔이 오래간다. 이가 억셀뿐더러 독이 들어 있다.

경상도 해안 지역에 갈치에 얽힌 전설이 전해져 내려오고 있다. 낚시꾼들한테 들은 얘기인데, 실화라고 한다.

옛날 통영인가 거제도에 고기잡이를 하는 청년이 혼자 살았더랍니다. 어느 여름에 전라도 처녀가 섬으로 구경을 왔죠. 처녀는 달밤에 해변을 거닐다 마을 쪽에서 솟아오르는 은은한 빛을 보았습니다. 희기도 하고 푸르기도 한 기묘한 빛이었지요. 그 빛은 어느 집 마당에서 흘러나오고 있었습니다. 처녀는 저도 모르게 빛에 홀려 그 집으로 발걸음을 옮겼습니다. 그러고는 깨금발로 담장 안을 기웃거렸지요. 무슨 빛이 마당에서 그렇게 눈부시게 튀어오르는지 궁금했겠죠. 그건 바로 갈치였습니다. 마당 가득 갈치를 널어 말리고 있었는데, 달빛을 받아 그렇게 신비한 빛을 내뿜고 있었던 거죠. 그때 옆집으로 마실을 갔던 청년이 집으로 돌아오다 웬 처녀가 제집 마당을 기웃거리는 모습을 보았죠. 그게 인연이 되어 두 사람은 함께 살림을 차려 살았답니다. 처녀는 갈치 빛에 반했고 총각은 처녀의 깨금발에 반했던 겁니다.

실화라는 것을 확인할 방법은 없으나 통영, 거제라면 다도해 지역이다. 제주도만큼은 아니더라도 여름엔 갈치도 많이 잡힌다. 있을 법한 이야기다. 아무려나 그 아름다운 인연의 모티프는 매혹적인 갈치 빛깔이다.

갈치의 비늘은 모조 진주를 만들거나 화장품 재료로 쓰인다. 속칭 '펄'이라고 부른다. 여자들 입술에 바르는 립스틱을 만드는 재료로 쓰이는 것이다. 그 성분을 화학적으로 분석하면 유기염료인 구아닌이다. 구아닌에는 독성이 있어 갈치를 회로 먹을 때는 비늘을 깨끗이 제거하지 않으면 복통을 일으킨다. 이는 아름다움이 품고 있는 양면성이라 해도 좋으리라. 립스틱을 진하게 바른 여자의 매혹적인 입술이 그렇듯이 말이다.

갈치는 육식성 물고기다. 고등어나 복어처럼 탐식성이 매우 강하다. 무엇이든 닥치는 대로 잡아먹는다. 심지어 배가 고프면 제 꼬리까지 잘라서 먹는다. 그래서 갈치잡이를 할 때는 갈치 꼬리를 잘라 쓰기도 한다. 갈치는 조기와 함께 언제 어떻게 먹어도 맛있는 생선이다. 한방에서는 식욕이 없을 때 갈치를 구워 먹으면 효과가 있다고까지 말한다.

갈치는 구이든 조림이든 살집이 많은 가운데 토막으로 먼저 젓가락이 간다. 갈치엔 '어두육미'라는 말이 어울리지 않는다. 머리는 발라 먹을 살이 없을뿐더러 그놈의 이빨이 워낙 억세기 때문에 버리는 게 보통이다. 갈치구이는 간간히 씹히는 왕소금 맛으로도 먹고 갈치조림은 감자 맛으로도 먹는다. 갈치굵은파조림은 사이사이 파 맛을 음미하며 먹으면 더욱 맛깔스럽다.

갈치회는 달착지근하고 담백한 게 특징이다. 비늘을 잘 제거하면 비린내도 거의 나지 않는다. 또한 갈치국은 해장으로 제격이다. 맑고 매콤한 국물을 마시면 금세 이마에 땀이 나고 상처가 아물듯 속이 확 풀린다. 아래에 나오는 조리법은 제주도에 살 때 내가 어부들한테 물어 직접 끓여 먹던 방법이다.

큰냄비에 늙은 호박(사분의 일쯤)과 천일염을 넣고 한소끔 끓인다.

갈치를 토막내 넣고(머리는 넣지 않는다) 어린 배추를 함께 넣은 다음 다시 한소끔 끓인다. 오래 끓이면 살이 부서지므로 적당한 순간에 불을 내린다.

국그릇에 퍼담고 나서 식초 한두 방울(식초가 없으면 같은 양의 청주나 소주로 비린내를 제거한다)과 미리 다져놓은 마늘과 매운 풋고추를 넣는다.

추가로 고춧가루를 약간 뿌려주면 더욱 매콤하고 보기에도 좋다.

갈치젓 얘기도 **빼놓을** 수 없다. 예전에 나는 〈그곳에 가고 싶다〉라는 프로그램에 리포터로 출연한 적이 있었다. 전라북도 변산반도 편이었는데, 이틀째 나는 제작진과 함께 젓갈로 유명한 곰소항을 취재했다. 그때 우연히 갈치젓 담그는 장면을 구경했다. 젓갈용 작은 갈치는 '풀치'라 부르는데 몸통과 내장을 분리해 따로 젓을 담근다. 나중에 먹어보니 비린 맛, 쓴맛, 단맛이 고루 뒤섞여 있었다. 그렇다면 갈치도 버릴 게 없는 생선이라고 봐야겠다. 단, 머리는 빼고.

모든 생물은 조물주의 작품인 동시에 신성의 상징이다. 그 중심에 영장인 인간이 존재한다고 우리는 말한다. 그러나 개별 생물체 입자에서 보면 그들 하나하나가 모두 주인공이다. 사람도 나 자신이 세상의 주인공일 수밖에 없듯이 말이다. 고래와 코끼리를 보라. 그들이 자신을 제외하고 누가 이 세상의 주인공이라고 생각하겠는가.

달밤에 낚싯바늘에 걸려 올라오는 갈치를 볼 때마다 나는 숨이 멎곤 했다. 나로서는 도무지 형언키 힘든, 눈앞 어둠 속에서 살아 춤추는 긴 칼의 아름다움! 그 은빛의 서슬 퍼런 존재감! 그때마다 나는 그 칼에 여지없이 마음을 베였고, 누가 과연 그 순간을 지배하는지 몰라 감당키 어려운 고독에 사로잡히곤 했다.

살구꽃 필 때 울면서 북상하다

내가 처음 먹어본 바닷물고기는 조기였다. 아니, 굴비였다. 대여섯 살 무렵, 장날마다 할머니의 손을 붙잡고 읍내 오일장에 가는 것이 내게는 큰 즐거움이었다. 장에 가면 할머니는 대개 어물전에 들러 굴비를 사곤 했다. 할아버지가 굴비를 무척 좋아하셨던 것이다.

바다에서 멀리 떨어진 지역이었으므로 어물전이라고 해봐야 별 게 없었다. 고등어 자반조차 쉽게 구경하기 힘들었다. 새우젓, 어리굴젓, 북어(먼지가 쌓인), 말린 조갯살 정도가 고작이었다. 나머지는 민물에서 난 것으로 미꾸라지, 민물장어, 민물새우(고추장을 풀어 무를 넣고 함께 지져 먹으면 맛있다)는 그래도 흔한 편이었다.

굴비는 짚으로 스무 마리씩 묶어 한 두름으로 팔았다. 몸통에 마른 소금이 허옇게 묻어 있었다. 할머니는 굴비 두름을 부엌에 걸어놓고 밥때마다 한 마리씩 빼내 밥솥에 쪄서 상에 올렸다. 일부는 물에 담가 소금물을 뺀 뒤, 다시 말려 고추장 항아리 속에 박아두었다가 꺼내 손으로 일일이 찢어 먹었다.

굴비가 밥상에 올라올 때마다 나는 젓가락을 든 채 할아버지의 눈치를 살피곤 했다. 먼저 손이 가서는 안 되며 할아버지의 젓가락과 부딪쳐서도 아니 되었다. 한쪽을 다 발라 먹었다고 해서 굴비를 뒤집는 일 또한 허락되지 않았다. 할아버지는 대개 한쪽만 드신 뒤 젓가락을 내려놓았다. 그제야 할머니는 뼈를 들어내고 접시를 내 앞으로 갖다놓았다.

굴비는 항상 너무 짰다. 소금에 얼마나 절여 말렸는지 살은 쫄 깃하다 못해 풀뿌리를 씹는 듯했다. 하지만 곧 비릿하고 고소한 맛이 입 안에 감돌며 침샘을 한껏 자극했다. 그리고 내장의 그 쌉 쌀한 맛이라니. 그것이 굴비이기 전에 '조기'라는 생선임을 나는 나중에야 알았다.

전라북도 변산이 고향인 친구가 있다. '만 권의 책을 쌓아놓은 듯이 보인다'는 격포 채석강이 있는 곳이다. 그곳은 서해에서 석 양이 가장 아름다운 곳으로도 유명하다. 격포항에서 배를 타고 한 시간쯤 가면 위도라는 섬이 있다. 그 친구와 위도에서 밤낚시 를 하며 들은 얘기다.

이 근처가 조기잡이로 유명한 칠산어장이라네. 봄이 되면 산란을 위해 제주도와 추자도를 거쳐 이쪽으로 조기 떼가 몰려오지. 그때가 되면 북상하는 조기 떼들이 개구리 울음소리를 내며 바닷물 위로 뛰 어오르는 걸 볼 수 있어. 수놈이 암놈을 부르는 소리라고 하지. 또 썰물 때가 되면 조기 떼가 수면 가까이에 떠서 퇴거하기 때문에 마치 바람에 숲이 우는 것 같은 소리가 들린다네. 어릴 때 아버지와 배를 타고 나가 바닷물 속에 대나무를 꽂고 조기 떼 우는 소리를 듣곤 했어. 살구꽃이 필 때면 수백 척의 안강망 어선이 운집해 일대 파시를 이루는데 밤이 되면 그야말로 장관이었다네. 이봐, 봄이 되면 나는 자주 조기 떼 꿈을 꿔. 그들과 함께 푸른 카펫이 깔린 바닷속을 유영하는 꿈을 말이야.

내 귀에는 그가 하는 말이 너무나 신비롭게 들렸다. 바다에서 고기 떼가 운다는 소리도 그때 처음 들었다. 그러니까 대나무를 귀에 꽂고 조기 떼 우는 소리를 들었다는 것이다.

『자산어보』에서는 조기를 '추수어'라 기록하고 있다.

큰 놈은 한 자 남짓 된다. 모양은 민어를 닮았고 몸은 작으며, 맛 또한 민어를 닮아 아주 담담하다. 쓰임새도 민어와 같다. 알은 젓을 담그는 데 좋다. (…) 이 물고기는 때에 따라서는 물길을 따라 온다. 그러므로 추수어라고 한 것이다.

『자산어보』를 최초로 한글로 옮긴 정문기 박사는 "칠산七山 바다는 전라남도 영광군 위도 부근의 바다"라고 밝히고 있다. 그러나 오늘날 위도(면)는 전라북도 부안군 남서쪽에 위치하는 일곱 개의 섬을 통틀어 일컫는 말이다. 남도南道가 북도北道로 바뀐 것은 아마 행정상의 이유 때문일 것이다. 영광과 부안은 서로 가까운 곳이다. 또한 '칠산어장'은 위도의 칠산뿐 아니라 그 부근의 식도, 치도, 상왕등도, 하왕등도에 이르는 넓은 바다를 모두 아우르는 말이라고 한다.

그런데 『자산어보』 어디에서도 '조기 떼가 운다'라는 표현은 찾아볼 수 없다. 그렇다면 그 친구가 한 말은 어찌 된 걸까? 다행스럽게도 나는 서울 세화고등학교에서 생물 교사로 재직 중인 이태원 선생의 역작 『현산어보를 찾아서』에서 다음과 같은 대목을 발견했다(이태원 선생은 '자산'을 검다는 뜻의 '현산'으로 불러야 한다고 주장하고 있다. 그것이 곧 '흑산'의 다른 이름이라는 것이다).

조기잡이를 나서려면 우선 고기 떼가 몰려들어야 한다. 조기 떼가 근처에까지 몰려들었다는 신호는 이들이 내는 묘한 울음소리로 울려 퍼진다. (…) 조기와 같은 민어과 물고기들의 재미있는 특징은 이렇게 소리를 낸다는 점이다. 배 위로 낚은 수조기나 보구치백조기가 소리를 내지르는 장면을 볼 때면 신기한 느낌을 떨칠 수가 없다. 종류에 따라서 약간의 차이가 있지만 한결같이 부레를 수축시켜 '구…구…' 하고 큰 소리를 내며 운다.

특히 참조기가 산란기에 우는 소리는 꼭 여름밤에 개구리 우는 소리와 비슷한데, 배 위까지 크게 울려퍼져 선원들의 잠을 설치게 할 정도라고 한다. 보구치도 참조기와 같이 크게 운다. 보구치라는 이름도 보구치가 내는 소리를 '보굴보굴'로 옮긴 데서 유래한 것이다. (…) 어부들은 민어과 물고기들의 이러한 습성을 고기잡이에 활용한다. 물속에 대나무통을 집어넣고 귀를 대어 조기 떼의 위치와 이동 방향을 알아내는 것이다.

이로써 모든 수수께끼가 풀린 셈이다. 그뿐 아니라 이태원은 조기를 좀 더 상세히 분류하고 있다. 참조기, 부세, 황석어황새기, 황강달이, 보구치, 수조기가 그것이다. 그런데 이 대목에서 우리가 항상 혼란에 휩싸이는 게 있다. 바로 참조기와 황석어의 구분이다. '가짜 조기'에 대한 오래된 의혹도 실은 이 둘의 구분이 명확치 않아서 생긴 것이다.

먼저 참조기는 입술이 붉은색을 띠며 입 안이 희다. 아가미 구멍은 검은색이다. 등쪽은 회색을 띤 황금색이고 옆줄 아래쪽에 선명한 황금색을 띠고 있다. 반면 황석어는 참조기에 비해 머리가 둥글며 닭벼슬과 같은 돌기가 있다. 등 쪽은 회색을 띤 노란색, 배 부분은 황금색을 띤다. 등지느러미와 뒷지느러미에 비늘이 없다. 또한 황석어는 참조기에 비해 크기가 작다. 조기류 가운데 가장 몸체가 작다. 부세는 조기와 생김새가 비슷하나 대형종으로 75센티미터까지 크지만 참조기는 40센티미터 이상이 드물다.

보구치와 수조기에 대해서도 이태원은 정확히 구별하고 있다.

보구치와 수조기는 배 쪽이 빛나는 황금색을 띠지 않으므로 참조기나 부세와 간단히 구분된다. 보구치는 긴 타원형의 납작한 몸체를 하고 있다. 몸에는 별다른 무늬가 없고 모든 지느러미가 흰색으로 거의 투명하다. 몸색깔이 은색을 띠므로 백조기, 흰조기라는 이름으로도 불린다. 아가미 뚜껑 위에는 검은색 반점이 있다.

수조기는 몸매가 날씬하고 위턱이 아래턱보다 길어서 콧등이 둥글게 휘어져 있는 것처럼 보인다. 비늘에는 검은 점이 박혀 있으며, 지느러미 주위가 붉은색을 띠고 있어 매우 아름답게 보인다.

결론적으로 우리가 먹는 조기의 대부분은 황석어나 참조기 새끼라고 봐야 한다. 참조기는 같은 크기라도 황석어 가격의 몇 배에 해당한다. 명절 때 백화점에 가보면 참조기 한 마리30센티미터 정도에 수십만 원을 호가한다. 흑산도 홍어 값과 맞먹는 가격이다. 그러나 황석어가 참조기에 비해 맛이 떨어진다는 생각은 잘못된 것이다. 아마 크기가 작기 때문에 그런 오해가 생긴 것 같다.

아무튼 배 부분이 황금색이면 참조기나 황석어 둘 중 하나라는 얘기다. 황석어를 참조기로 속아 사지 않으려면 머리 부분을 비교해 보면 된다. 체구가 큰 것은 어차피 참조기로 봐야 한다. 어부들 얘기에 따르면 부세는 맛이 없다. 수조기는 말리기 전에 소금을 뿌려 구워 먹으면 참조기와는 또다른 독특한 풍미를 느낄 수 있다.

굴비 하면 누구나 '영광 법성포 굴비'를 떠올린다. 영광 굴비가 그토록 유명해진 것은 예전에 칠산어장에서 조기가 많이 잡혔기 때문이다. 또한 그곳이 굴비를 생산하는 데 적합한 환경(지형, 햇빛, 바람, 온도)을 두루 갖췄기 때문이다. 하지만 안타깝게도 오늘날 칠산어장에서는 더 이상 조기가 잡히지 않는다.

그새 십수 년이 흘렀는가. 그해 나는 연합통신 기자들과 함께

'영광 원자력발전소'를 방문할 기회가 있었다. 그 참에 나는 버스를 타고 칠산 앞바다에 나가보았다. 그곳은 폐허나 다름없었다. 봄을 맞아 바야흐로 '주꾸미축제'가 열리고 있었으나 행사에 쓰이는 주꾸미조차 다른 지방에서 들여온 것이라고 했다. 바다 앞에서 늙은 어부와 만나 얘기를 나누는 중에 그는 연신 한숨을 내쉬었다.

"전에는 백합조개도 가마니로 나왔는데 이젠 안 나와. 할망구가 하루 종일 개펄에 나갔다 와도 죽 끓여 먹을 것도 못 가져와."

칠산 앞바다가 이렇게 변한 것은 여러 원인이 있으리라. 흔히 짐작하듯 오폐수의 유입에 따른 오염과 무분별한 남획으로 인한 어자원의 고갈.

내가 만난 어부는 뜻밖에도 발전소를 지목했다.

"보상금을 받아서 할 말은 없지만, 발전소에서 하루 두 차례씩 뜨거운 물을 바다로 내보내잖아. 그러니 조기가 올라오나. 물고기는 사람보다 온도(수온)에 훨씬 예민하거든. 이제 조기잡이는 다 끝났어. 다 옛날 얘기야. 젊은이들도 이미 오래전에 다 마을을 떠났어."

여전히 영광 법성포 굴비는 명품으로 대접받고 있다. 하지만 법성포에서 말린 굴비는 더 이상 칠산어장에서 잡은 조기가 아니다. '영광 굴비'는 이제 과거의 영광스러운 이름일 뿐이다. 알 만한 사람들은 이제 추자도 굴비를 찾는다. 추자도 굴비는 봄철에 제주도 남서쪽에서 산란을 위해 북상하는 조기를 안강망으로 잡아 현지에서 직접 소금을 뿌려 말린다. 낚시꾼들이 추자도에 와서 반드시 챙겨가는 것도 다름 아닌 추자도 굴비다.

조기는 고급 생선이지만 누구나 먹을 수 있기에 고마운 생선이다. 반찬이 부족한 허름한 밥상일지라도 조기 한 마리만 올라와 있으면 그 허름함이 금세 풍족함으로 변한다. 그게 참조기인지 황석어인지는 그다지 중요하지 않다. 나 역시 그 둘을 구분해서 먹지 않는다. 늘 참조기를 찾을 만큼 입이 고급스러운 것도 아니다. 찜이든 탕이든 구이든 고추장에 박은 장아찌든 내 입에는 모든 조기가 다 맛있다. 아마 어렸을 때의 기억 때문일 것이다. 맛은 추억이고 기억인 것이다.

저녁을 굶은 채 술을 마시고 집으로 돌아온 밤에 아내가 끓여주는 조기 매운탕과 뜨거운 밥 한 그릇은 내게 더할 나위 없는 축복이자 위안이다. 한데 그것은 참조기 매운탕이었을까, 아니면 황석어 매운탕이었을까? 술에 취한 상태였으니 물론 알 도리가 없다.

장소의 맛

맛의 기억이란 이렇게

모성처럼 질기고 강한 것이다.

경주에서 고래고기를 먹다

제주도에 살 때 성산포항에서 여객선에 승용차를 싣고 통영에 간 적이 있다. 통영을 좋아하기도 하지만 또다른 이유가 있었다. 진해에 들러 벚꽃을 구경하고 싶었고, 그 참에 경주를 답사하기 위함이었다. 제주도 생활을 마친 뒤 경주에서 얼마 동안 살아보자는 생각을 하고 있었던 것이다.

네 시간 걸리는 제주—통영 간 뱃길은 그날따라 바람이 심하고 파도가 높았다. 뱃멀미라는 걸 그때 처음 해보았다. 이윽고 배에서 내려 통영에 사는 친구 부부와 함께 저녁을 먹고 마리나 콘도에서 밤을 보냈다.

다음 날은 예정대로 진해에 가서 벚꽃 구경을 한 뒤, 곧바로 경주로 가 보문단지에 짐을 풀었다. 몇 년 만에 들른 터여서 석굴암과 불국사에도 다시 가보았다. 삼 일째 되던 날은 동국대 근처에 있는 아파트 단지를 돌아보았다. 아내의 표정이 밝지 않았다. 하루 종일 돌아다녔건만 집을 구하지 못했던 것이다.

"그만 표정 풀어. 경주에 오자고 한 건 당신이잖아."

그녀는 엉뚱한 푸념을 늘어놓았다.

"이만한 도시에 왜 백화점이 없는 거죠?"

"……여기 와서 백화점을 찾으면 쓰나. 삽질만 한 번 해도 유물이 튀어나오는 곳인데. 당신은 경주가 아니라 신라를 좋아한 거 였잖아."

"하긴."

차를 몰아 보문단지로 돌아오는데 입구에 이런 플래카드가 붙어 있는 게 보였다.

제4회 경주―한국의 술과 떡 잔치

장소는 보문단지 내에 있는 황성공원이었다. 지칠 대로 지친 데다 허기가 져 그녀와 나는 주차장에 차를 대고 행사장으로 갔다. 경주는 천년고도이므로 음식 문화가 발달한 곳이다. 황남빵과 고급 청주인 법주法酒쯤은 누구나 알고 있다. 또 어딜 가나 전통 있는 한식집과 소문난 한우 고깃집들이 즐비하다.

꽃구경 철이었으므로 행사장은 관광객들로 북적거리고 있었다. 사람들 틈에 끼어 술도 몇 잔 얻어먹고 떡을 사서 임시로 허기를 메웠다. 어느덧 슬슬 어둠이 내리고 있었다.

"어디 가서 저녁을 제대로 먹죠."

피곤한 목소리로 그녀가 옆에서 중얼거렸다. 마침 행사장 건너편에 대형 천막을 친 음식점들이 보였다. 나는 그녀의 손을 잡고 무단횡단하여 길을 건너갔다. 신호등이란 게 의미가 없는 상황이었다. 국밥이나 먹자고 들어갔는데, 메뉴판에 '고래고기'라는 글자가 보였다.

"경주에 웬 고래고기죠?"

"울산이 바로 코앞이잖아. 장생포 말이야."

"요즘도 고래를 잡나요?"

"1986년부터 포경이 금지된 걸로 알고 있어."

"그런데요?"

"그물에 걸려 죽거나 해안으로 떠밀려온 고래는 위탁 판매가 가능하다고 하더군."

"드셔는 보셨나요?"

"대학에 다닐 때 같은 과 후배 중에 울산 출신이 있었어. 아버지는 현대조선에 근무하셨고. 겨울방학 때 전화를 받고 내려가 제대로 한번 얻어먹었지. 그땐 포경이 금지되기 전이었으니까. 장생포에 갔더니 말 그대로 한 집 건너 고래고기를 파는 식당이더군. 다음 날 울주군에 있는 반구대 암각화에도 가봤지. 이상한 감동이 밀려오더군."

주문한 고래고기 모둠이 나왔다. 값에 비해 양이 적은 편이었다. 그녀는 먹지 않겠다고 했다. 대신 국밥을 주문해달라고 했다.

"먹어보지그래."

"내키지 않네요."

"왜?"

"돌고래를 어떻게 먹겠어요."

거기서 나는 말문이 막혔다. 종업원을 불러 물어보니 밍크고래라고 했다.

"밍크고래라는데?"

"그래도 싫사옵니다. 왠지 께름칙하네요."

"한 점만 먹어봐. 무슨 맛인지 알아야 하지 않겠어? 왜 이런 말이 있잖아. 경험하지 못한 것은 포기할 수 없다."

그녀가 빤히 나를 쏘아보았다.

"그 밖에 또 할 말이 있나요?"

"인생에서 나쁜 경험이란 없다."

"그건 누가 한 말이죠?"

"프랑스의 여성 작가가 한 말인데, 이름은 방금 까먹었어."

마지못해 그녀는 수육 한 점을 소금에 찍어 입에 집어넣었다.

그리고 대뜸 이맛살을 찌푸렸다.

"냄새가 이상하네. 산초 냄새가 나."

더 이상 못 먹겠다며 그녀는 젓가락을 내려놓았다. 그제야 나는 그 냄새의 기억을 떠올렸다. 그래, 고래고기 특유의 냄새가 있는 것이다. 산초 냄새. 그래, 그와 비슷한 냄새다.

어쩔 수 없이 고래고기는 내가 다 먹어야만 했다. 소주 한 병을 달라고 했다. 그냥은 먹기 힘들었다. 그녀는 배가 고팠던지 금세 국밥 그릇을 비웠다.

고래고기는 참치처럼 뱃살을 으뜸으로 친다. 소고기의 차돌박이와 색깔이 비슷하다. 매우 쫄깃하고 담백하다. 꼬릿살은 얼핏 기름 덩어리처럼 보이는데 물렁뼈를 소금에 절였다가 초고추장에 찍어 먹는다. 생고기는 고추냉이 간장이나 기름고추장에 찍어 먹는다. 참치 등살 맛이 난다. 색깔도 그와 비슷하다. 수육은 여러 내장 부위와 껍질, 갈빗살을 푹 삶아 썬 것으로 멸치 젓국에 찍어 먹는데 닭고기 맛이 난다. 그러나 어느 부위든 삼키고 나면 여지없이 입 안에 그 독특한 향이 남는다. 처음 먹어보는 사람은 그 향이 강해 거부감을 느낄 수도 있으리라.

대학 후배의 말에 따르면, 울산에서는 돼지고기와 소고기 대신

늘상 고래고기를 먹었다고 한다. 아버지가 퇴근하면서 고래고기를 신문지에 둘둘 말아 끈으로 묶어서 들고 왔다고 했다. 물론 옛날 얘기다. 오늘날 장생포는 울산공업단지의 일부로 변한 지 오래다.

고래는 바다에 사는 유일한 포유류다. 원래는 육지에서 사는 동물이었다고 한다. 고래의 조상은 '메소닉스'로 알려져 있다. 고래의 가슴지느러미 속에는 아직도 앞발의 흔적인 뼈가 그대로 남아 있다고 한다. 놀라운 점은 다른 물고기들은 수온에 따라 체온이 변하는데 고래는 늘 섭씨 37도를 유지한다는 사실이다. 사람과 같은 것이다.

울주 태화강 지류의 암각화에서 보듯 우리나라는 선사시대부터 고래잡이를 해왔다. 태화강과 장생포는 그리 멀지 않다. 어느 날부터 태화강으로 고래가 올라오지 않자 신석기인(혹은 청동기인)들은 서서히 장생포 쪽으로 이동했다. 장생포는 바다가 육지 쪽으로 깊이 파고든 지형을 하고 있다. 그러므로 장생포는 고대인들의 마지막 거주 지점이었을 것이다. 그리고 고래잡이는 더욱 활발하게 이뤄졌을 것이다.

장생포는 19세기에 포경의 전진 기지가 되었는데 개항을 전후해 러시아, 미국, 네덜란드 포경선이 몰려와 닥치는 대로 고래를 잡아버렸다. 또 일제강점기를 거치면서 수많은 고래를 일본에 수탈당했다. 그중 하나가 지금은 돌아오지 않는 귀신고래다. 과거 장생포 앞바다는 귀신고래의 주요한 회유 경로였다. 오늘날 전 세계적으로 멸종 위기에 처해 있는 어종이기도 하다. 현재 우리나라 바다에서 볼 수 있는 고래는 대개 돌고래와 밍크고래다.

상업 포경을 다시 허가해야 한다는 여론도 있다. 우선 개체수가 늘어난 고래(주로 돌고래) 때문에 다른 어업에 지장을 주고 있다는 것이다. 또 다른 이유는 고래가 고부가가치 어종이기 때문이다. 어부들은 고래를 '바다의 로또'라고 부른다. 한 마리에 보통 수천만 원을 호가한다.

고래는 지구상에 존재하는 가장 큰 생물이다. 옛날에 고래 한 마리를 잡으면 몇 개 부락이 고기를 나누어 먹을 수 있었다. 또한 고래의 기름은 화장품, 화약, 비누, 초, 마가린이나 공업용 윤활유로 사용된다. 특히 향유고래의 이마 부분에 들어 있는 경랍녀를 보 호호하는 외피 작용을 한다은 2,000리터나 되는데 최고 품질의 양초를 만드는 데 쓰인다고 한다. 그러나 이제 장생포 앞바다에서는 향유고래도 더 이상 볼 수 없게 돼버렸다.

고래 떼를 본 적이 있다. 그것도 아주 여러 번. 아마 돌고래 떼였으리라. 수십 마리가 한꺼번에 유유히 물살을 가르며 헤엄쳐 가는 장엄한 광경을 나는 넋을 잃고 바라보곤 했다. 그런데 고래는 왜 바다로 간 것일까? 아직까지도 풀리지 않은 이 수수께끼는 고래의 죽음과도 연결돼 있다. 가끔 신문 보도나 뉴스를 통해 고래 떼가 해안가로 몰려와 죽은 광경을 볼 수 있다. 우리나라에서도 종종 그런 일이 발생한다. 2006년 5월 영덕 강구 앞바다에는 무려 60마리의 죽은 돌고래 떼가 떠밀려온 적도 있다. 왜 이런 현상이 반복되는 걸까?

『현산어보를 찾아서』의 저자 이태원은 이에 대해서 다음과 같이 적고 있다.

고래가 끊임없이 해변으로 몰려오는 까닭은 어쩌면 먼 과거 육지에서 살았던 시절을 그리워하기 때문이 아닐까?

그렇다면 더더욱 의문이 풀리지 않는다. 애초에 고래는 왜 바다로 간 것일까? 아무리 생각해도 모를 일이다. 취재차 장생포에 갔을 때도 이 생각이 줄곧 뇌리를 맴돌았다.

아무튼 그날 경주에서 먹은 고래고기는 내게 묘한 비감함을 안겨주었다. 경주에서 끝내 집을 구하지 못한 채, 다음 날 나는 아내와 함께 통영에서 배를 타고 제주도로 돌아갔다.

제주도의 맛

한치회

한치는 보통 오징어와 함께 묶어서 얘기한다. 즉 '오징어한치'라고 부르는 것이다. 어디까지나 오징어가 주체고 한치는 거기에 부수적으로 딸려 있는 듯한 인상을 준다. 왜 따로 분류하지 않고 이렇게 부르는 걸까? 여기엔 그럴 만한 이유가 있다.

오징어는 울릉도, 독도를 비롯한 동해와 제주도 바다에서 여름철에 많이 잡힌다. 그런 만큼 식탁에도 고등어, 갈치와 함께 자주 올라온다. 하지만 한치의 경우는 다르다. 우선 어획고 면에서 오징어와 비교할 수 없이 적다. 잡히는 곳도 제주도로 거의 국한돼 있다. 제주도에서도 한치는 오징어에 비해 훨씬 적게 잡힌다. 그렇다면 오징어와 한치의 차이는 뭘까?

한치는 오징어에 비해 살이 무르다. 그리고 다리의 길이가 짧다. 양쪽으로 길게 뻗은 두 개의 다리는 오징어와 길이가 비슷하지만, 나머지 여덟 개의 다리는 한 치3.3센티미터 정도밖에 되지 않는다. 그래서 '한치'라고 부르는 것이다. 오징어에 비해 살이 희고 무척 달다.

한치는 오징어보다 두 배 정도 비싸다. 말할 것도 없이 맛이 좋기 때문이다. 이런 사정을 알고 나면 한치를 보는 눈이 달라진다.

그럼에도 한치가 서자 취급을 받는 것은 오징어에 비해 개체수가 부족하다 보니 대중적 인지도를 확보할 기회를 얻지 못했기 때문이 아닌가 싶다. 또한 한치는 살이 무르므로 얼렸다 녹이면 금방 제맛을 잃는다. 시장에서 한치를 찾아보기 힘든 이유다. 한치는 잡아서 곧장 회로 먹거나 건조시키는 방법밖에 없다.

횟집에 가면 한치회가 덤으로 몇 점 딸려 나온다. 그러나 이미 투명함을 잃고 하얗게 변색된 것이 대부분이다. 이런 상태에서는 한치의 고유한 맛을 느낄 수 없다. 바다에서 갓 잡은 한치는 쫄깃하고 부드럽고 구수하고 달콤하다. 삼키고 나서도 그 향이 입 안에 오래 남는다. 생긴 건 비슷하지만 오징어회와는 맛이 크게 다르다.

한치는 잡은 즉시 회로 썰어 초고추장에 찍어 먹는 게 가장 맛있다. 굳이 물회를 만들어 먹지 않아도 된다. 한치 자체에서 우러나오는 풍미가 풍부하기 때문이다. 회를 좋아하지 않는 사람도 대개 한치회만큼은 거부감 없이 먹는다. 그래도 한치회가 싫다면 냄비에 넣어 삶는다. 내장을 제거하면 구수한 맛이 떨어지므로 통째로 삶아야 한다. 오래 삶지 말고 몸통이 희어지기 시작하면 곧바로 불에서 내린 다음 도마에 올려놓고 칼로 썬다. 이때 당연히 먹물이 튀어나오는데, 삶은 한치 맛은 바로 이 먹물이 가미됨으로써 완성된다.

육지에 나와 사는 제주도 출신들한테 물어보면 다들 한치회와 자리회가 가장 먹고 싶다고 말한다. 나이가 들면 한치회와 자리회가 그리워 제주도로 돌아가는 사람들이 있다고도 한다. 왜 아니 그렇겠는가. 고작 이 년 동안 제주도에 살았던 나조차도 그런걸. 맛의 기억이란 이렇게 모성처럼 질기고 강한 것이다.

자리회

제주도 사람들에게 자리돔은 거의 주식에 가깝다. 어디든 시장이 있는 곳이면 자리돔을 판다. 값도 싸서 양동이 가득 담아놓고 만 원 정도를 받는다. 자리돔은 우선 회로 먹고, 소금에 구워서도 먹고, 젓갈을 담는 데도 쓴다. 자리돔만 전문적으로 잡는 배도 있다. 위성 안테나처럼 생긴 커다란 통발그물을 배에 싣고 나가 바다에 내린 다음 집어제를 뿌리면 그 안으로 자리 떼가 몰려든다.

저녁 무렵 방파제에 나가보면 아주머니들이 반찬거리로 자리돔 낚는 모습을 흔히 볼 수 있다. 그만큼 쉽게 잡을 수 있는 물고기기도 하다.

자리돔은 난류성 어종으로 겨울을 제외하면 제주도 전 지역에서 잡힌다. 제주 출신의 시인에게서 이런 얘기를 들은 적이 있다.

"언젠가 육지에서 온 손님과 횟집에 들어가 자리회를 먹는데 이런 말을 하더군요. '제주도에서는 붕어도 회로 먹나요?'"

우스갯소리겠지만 물고기에 대해 모르는 사람은 그렇게 말할 수도 있을 것이다. 실제로 자리돔은 붕어와 비슷하게 생겼다. '뿌리깊은나무'에서 발간한 『한국의 발견』 「제주도」 편에서도 자리돔은 중요한 서술 대상이다.

제주도에서의 명물 회는 우선 자리회를 꼽을 수 있다. 이 자리는 자리돔을 말하는데 제주도 근처 바다에서 잡히는, 길이가 6센티미터에서 12센티미터까지쯤 되는 생선이다. 주로 5월에서 8월까지 잡히는데, 소금으로 간하여 굽거나 간장에 조리거나 젓을 담가 먹기도 하는데 그 맛이 그만이다. 이 조그만 생선에는 지방 성분이 많고 구수한 맛을 내는 글루타민산과 같은 아미노산 성분도 들어 있다.

자리회에는 자리돔의 비늘을 긁어내고 머리와 지느러미와 내장을 잘라내고 어슷어슷하게 썰어 초고추장에 찍어 먹는 마른 회, 곧 '강회'가 있다. 또한 잘게 난도질한 뒤 식초에 버무려 뼈가 말랑말랑해지면 된장이나 고추장을 풀어 넣어 갖은 양념을 다해 냉수를 붓고 얼음을 띄워 먹는 '물회'가 있다. 이곳에서 '재피섶'이라고 부르는 산초나무 잎을 물회에 넣으면 그 맛이 더욱 좋아진다. 물회는 여름에 냉국 대신으로 먹기도 한다.

내가 먹어본 바에 따르면, '자리 강회'는 사각사각 씹히며 고소한 뒷맛이 남는 게 특징이다. 작은 생선이므로 일명 '세꼬시'라 하여 뼈째 썰어 먹는다. '자리 물회'는 역시 여름철에 먹는 음식으로 바다나 밭에서 일을 하고 돌아와 점심때 오메기술과 함께 안주로 먹으면 별미다오메기술은 좁쌀로 담근 제주의 전통주로 막걸리와 비슷하다. 소금구이는 술안주나 밥반찬으로 좋다. '한라산 소주 한 잔에 자리돔 한 마리'라는 말이 있다. 자리돔의 비늘을 긁어내고 통째로 불에 구워 젓가락으로 한 마리씩 발라 먹는 재미는 먹어본 사람만이 안다. 프라이팬에 적당히 기름을 두르고 튀겨 먹어도 역시 맛있다.

자리젓은 게우젓, 깅이젓과 함께 제주의 3대 젓갈에 속한다. 게우젓은 전복 내장으로 담그는데 매우 귀하게 취급한다. 귀한 만큼 값도 비싸다. '음력 3월 보름에 썰물이 심할 때 잡은 새끼 게'

로 담근 깅이젓도 귀하기는 마찬가지다. 요즘은 좀처럼 찾아보기가 힘들다.

자리젓은 풋고추, 다진 마늘, 고춧가루 등으로 양념을 해 먹는다. 제주에서 자리젓이 빠진 밥상은 아예 없다고 봐야 한다. 생선회나 돼지고기를 먹고 나서 자리젓에 밥을 비벼 먹으면 입 안이 개운하고 소화가 잘 돼 속이 편하다.

제주도 북쪽에서 잡히는 자리돔은 남쪽에서 잡히는 것에 비해 크기가 작다. 5~7센티미터 정도다. 반면 서귀포를 비롯한 남쪽의 가파도, 마라도에서 잡히는 자리돔은 한결 크다. 아닌 게 아니라 '12센티미터 정도까지쯤' 된다. 자리돔은 10센티미터만 돼도 큰 편에 속한다. 이는 같은 제주도라도 남쪽 바다가 더 따뜻하다는 뜻이다.

겨울에 한라산이 중국 대륙에서 불어오는 북서계절풍을 막아주고 일본 구로시오 난류의 영향도 남쪽이 먼저 받기 때문이다. 감귤도 남쪽에서 나는 것이 한결 맛있고 품질도 좋다. 제주도 사람들은 서귀포 위미와 효돈에서 나는 감귤을 최고로 친다.

애저회

　생선이 재료가 아닌 회로는 '돼지 새끼회'가 있는데 이는 술꾼들이
즐겨 먹는다. 그리고 몸이 약한 사람이 보신제로 먹기도 한다. 다만
비위가 약한 사람이나 여자들은 그 재료와 조리 방법과 빛깔과 맛 때
문에 잘 먹지 않는다. 이것은 새끼를 밴 암돼지를 잡아 태 속에 있는
돼지 새끼를 통째로 꺼내 깨끗이 씻어 날것째로 도마 위에 놓고 칼로
잘 다진 다음에 참기름, 마늘, 생강, 후추, 깨소금, 설탕, 식초 같은 것
으로 양념을 하여 훌훌 마신다. 이것은 육회의 한 종류라고 볼 수 있
는데, 이 회의 재료나 조리 방법이 주는 혐오감은 밀쳐 두더라도 세균
과 기생충날돼지고기에는 갈고리촌충의 알이 들어 있다의 감염 때문에 먹기
를 꺼리는 사람이 늘어나고 있다.

『한국의 발견』「제주도」편에 나오는 애저회에 대한 서술이다.
앞에서 나는 애저찜(탕)이 진안(광주)의 전통 요리임을 밝혔다.
하지만 그것은 '회'가 아닌 익힌 음식이었다. 오래전부터 나는 제
주도에서 애저회를 먹는다는 얘기를 들어 익히 알고 있었다. 그
래서 제주도에 사는 동안 기회가 있을 때마다 현지인을 만나면

슬그머니 물어보곤 했다.

"아직도 애저회를 파는 음식점이 있습니까? 돼지 새끼회 말입니다."

대답은 한결같이 "없습니다"였다. 이 년간 나는 제주도 어디에서도 애저회를 팔거나 먹는다는 소리를 들어보지 못했다. 이미 사라진 음식인 듯했다. 나 역시 애저회가 먹고 싶어 물어본 것은 아니었다.

말고기

내가 자주 가던 제주시 연동 생맥줏집 건너편에 말고기를 파는 식당이 있었다. 여태껏 먹어보지 않은 음식이어서 선뜻 내키지 않았으나 호기심에 그예 문을 열고 들어가보았다. 동행한 사람은 그날 서울에서 내려온 시인이었다. 사실은 그가 말고기를 먹어보고 싶다고 해서 찾아간 것이다. 금지구역에 들어온 사람들처럼 시인과 나는 사방을 두리번거리다 맨 구석에 자리를 잡고 앉았다.

여자 종업원이 다가와 테이블에 물잔을 내려놓으며 물었다.

"뭘로 드실 거죠?"

시인이 나를 바라보았다.

"뭐로 할까?"

"낸들 아나."

엉거주춤 서 있는 종업원에게 나는 잠시 후 다시 와달라고 얘기했다. 벽에 붙어 있는 메뉴를 살펴보았다.

마육회

마뼛국

마샤브샤브

마불고기

마갈비찜

마순대

마생고기

마야채볶음

생고기를 기준으로 가격은 소고기와 비슷했다.

"종류가 무척 다양하네. 도대체 뭘 먹지?"

시인이 묻고 내가 대답했다.

"부담 없이 샤브샤브로 할까?"

"샤브샤브라. 그렇게 얇게 떠서 익혀 먹으면 말고기 맛을 제대로 알기나 하겠어?"

"그럼 생고기로 하든지."

"소고기처럼 그냥 소금 뿌려서 구워 먹으면 되는 건가?"

"그건 물어보면 되겠지. 여기요!"

종업원이 오자 시인이 생고기 이 인분을 주문했다. 주문한 고기가 나오는 동안에도 시인은 계속 말고기 얘기를 했다. 작심하고 말고기를 먹으러 제주도에 내려온 것 같았다.

"제주도에 말고깃집이 많은가?"

"그걸 낸들 어찌 알겠나. 근처에서 두어 군데 더 본 것 같긴 하군. 성산에 갔을 때도 본 것 같고. 몽골에서 말이 처음 들어온 곳이 그쪽이라고 하더군. 제주도 사람들은 약으로도 먹는 것 같던데."

"어디에 좋은데?"

"신경통, 중풍, 간질환에 특효가 있다고 하더군. 말젖은 고혈압, 결핵, 간염 치료에 쓰이고 말기름은 화상에 바르면 쉽게 낫는다고 하더군. 보습에 뛰어나 요즘엔 화장품 재료로도 쓰인다지?"

"몽골에서 말이 들어온 게 언제더라?"

고려 충렬왕 때 원나라가 지금의 성산읍 수산리인 수산평에 목

마장을 설치하고 몽고 말 160마리와 소, 나귀, 양, 낙타 같은 동물을 처음 방목하기 시작했다고 한다. 이를 관리하는 단사관까지 파견해 일본 정벌을 위한 거점으로 삼았다. 조랑말은 몽골어로 '과일나무'라는 뜻이라고 한다. 과일나무 아래로 다닐 만한 조그만 말이라는 뜻이겠다.

"옛날에는 마육포가 흰사슴포, 감귤과 함께 진상품이었다고 하더군."

"흰사슴이 진짜 있었다는 말이네? 백록 말이야."

"그렇겠지?"

쟁반에 담겨 나온 생고기는 그 빛이 붉다 못해 검었다. 종업원이 생고기를 숯불에 올려놓는 사이 시인은 쉬지 않고 물었다.

"말고기에 술은 뭐가 좋아요?"

"알아서 드세요. 대개 소주들을 하시더라구요."

나는 한라산 소주를 달라고 했다. 제주도에 왔으니 제주도 술을 마셔야 하는 것이다.

"말고기가 어디서 들어와요?"

"도축장은 저도 모르겠고요, 일주일에 한 번, 화요일마다 들어와요."

"손님은 많아요?"

"그럭저럭요. 일본인 관광객이 반쯤 돼요. 그 사람들은 말고기라면 환장해요. 일본에서 먹으려면 엄청 비싸거든요."

말고기는 소고기에 비해 좀 더 쫄깃한 느낌이었다. 육즙도 좀 적게 나오는 편이었다. 소고기에서 흔히 볼 수 있는 마블링도 찾아보기 힘들었다. 그러나 사람들이 갖고 있는 통념처럼 그렇게 질기지는 않았다. 마른풀 냄새처럼 약간 누린내가 나는 듯했지만, 그거야 육고기 특유의 냄새라고 보는 게 마땅했다. 먹을수록 자체의 독특한 풍미가 있음을 알 수 있었다. 내가 어디 가서 말고기를 먹어보겠는가.

그로부터 한 달쯤 뒤, 나는 아내에게 말고기를 먹으러 가자고 했다가 그다지 좋은 반응을 얻지 못했다. 그날이 마침 그녀의 생일이었던 것이다.

다금바리회

다금바리는 붉바리, 능성어와 함께 제주도에서 가장 비싼 물고기에 속한다. 모두 심해에서 활동하는 육식성 물고기로 전문 배 낚시꾼이 아니면 잡기 힘들다. 붉바리와 다금바리는 산삼처럼 귀하게 여긴다. 능성어는 상대적으로 낮게 평가한다.

가파도에 갔다가 다금바리, 붉바리, 능성어를 전문으로 잡는 어부와 얘기를 나눈 적이 있다. 그날 그는 오랜만에 붉바리를 한 마리 잡았다.

"자주 잡혀요?"

그는 무표정한 얼굴로 나를 바라볼 뿐 별 대꾸가 없었다.

"붉바리는 처음 보네요. 회 맛이 아주 그만이라는데."

어부의 입에서 툭 튀어나온 말은 몹시 뜻밖이었다.

"아직 먹어보지 못해서 나도 몰라요."

나는 처음에 그 말을 믿지 않았다. 그는 제주도 사람이자 삼십 년 경력의 베테랑 낚시꾼이었다.

"아니 왜요?"

"왜라니. 횟집에 갖다 팔아야지 내가 먹으면 어쩌겠소. 이게 생업인걸."

나는 내심 충격을 받았다. 자신이 직접 잡은 물고기를 한 번도 먹어보지 못했다는 것이다. 그것도 삼십 년 동안이나 말이다.

다금바리와 붉바리는 1킬로그램 기준으로 횟집에서 이십만 원 정도 한다. 능성어는 십이만 원쯤 한다. 그날 내가 본 붉바리는 2킬로그램 정도 되어 보였다. 횟집에서 먹으려면 약 사십만 원을 줘야 한다는 얘기다. 물론 어부가 횟집에 넘기는 가격은 그 반밖에 되지 않는다.

붉바리는 적갈색 바탕에 오렌지빛 점이 빼곡히 박혀 있어 다금바리, 능성어와 구분이 쉽다. 붉은빛을 띠고 있어 붉바리라고 부르는 것이다. 하지만 다금바리와 능성어는 구별하기가 쉽지 않다.

애월에서 수산업을 하는 청년과 알고 지낸 덕분에 나는 그에게서 많은 얘기를 얻어들었다. 어부인 아버지가 잡아오는 물고기를 그는 시내 횟집에 공급한다. 물론 가게에서도 물고기를 팔고 회를 떠주기도 했다. 그는 한때 일식집에서 주방장 일을 했다고 한다.

"다금바리요? 요즘은 대부분 중국에서 들어와요. 제주도 자연산은 제값을 줘도 먹기 힘들어요. 사실 능성어를 다금바리로 알고 먹는 사람들도 많아요. 일반인은 생김새만 봐서는 잘 모르거든요."

"속여서 판다는 그런 뜻입니까?"

그는 직설적으로 물었다.

"심지어 민어 등살을 떠서 다금바리회라고 내놓는 경우도 있어요. 회의 갈색 얼룩무늬가 다금바리회와 흡사하거든요. 내가 어부의 아들 아닙니까? 솔직히 그러기가 싫어 주방장 일 그만뒀어요."

나는 그에게서 다금바리와 능성어를 구별하는 법도 배웠다.

"둘 다 갈색 바탕에 세로 줄무늬가 있어요. 하지만 자세히 보면 다금바리는 일곱 줄이고 능성어는 아홉 줄이에요. 머리 부분과 꼬리 부분에 줄이 하나씩 더 있죠. 그래서 제주도 말로는 능성어를 구문쟁이라고 해요."

"그것뿐인가요?"

"결정적인 것은 다금바리의 줄무늬는 흰색이고, 능성어의 줄무늬는 갈색에 가깝다는 거죠. 이제 아시겠죠?"

자, 외우기 쉽게 정리해보자.

다금바리는 일곱 줄의 흰색 무늬. 일명 자바리.
능성어는 아홉 줄의 갈색 무늬. 일명 구문쟁이.

다금바리회가 맛있다는 데는 이견의 여지가 없는 것 같다. 값이 워낙 비싼 탓인지 입술과 머릿살과 내장을 포함하여 27부위까지 나누어 회를 떠 먹는다. 다금바리회는 송악산 근처 '진미식당'이 유명하다고 알려져 있다. 신문을 보니 그 집 사장이 '다금바리회 뜨는 법'으로 특허까지 받았다고 한다. 하지만 나는 그 집에 가보지 못했다. 1킬로그램짜리 생선을 회로 뜨면 두 사람이 먹기에 적당하다. 하지만 다금바리의 경우 1킬로그램은 어린 고기에 속해 횟집에서도 찾아보기 힘들다. 보통 2킬로그램짜리를 주문해야 한다. 그렇다면 약 사십만 원을 가져야 다금바리회를 먹을 수 있다는 얘기다. 관광객 신분이라면 모를까, 제주도에서 현지인으로 살다 보니 좀처럼 그럴 만한 엄두가 나지 않았다. 안 그래도 낚시를 하기 때문에 회를 자주 먹는 편이었다. 또 다금바리회를 꼭 먹어야만 하는 것도 아니었다.

내가 다금바리회를 처음 먹어본 것은 2003년 여름이었다. 제주도로 이사를 가고 나서 몇 달 뒤였다. 어느 날 순천에 사는 친구의 아버님이 불쑥 전화를 걸어와 제주공항 근처에 있는 횟집에 있으니 당장 나오라고 했다. 주인에게 전화를 바꿔 물어보니 관광객들이 많이 찾는 어영 해안가였다. 한의사이면서 시인이기도 한 그분은 항상 그런 식으로 나를 놀라게 했다. 택시를 타고 가니 이미 상이 차려져 있었다. 다금바리회라고 했다. 27부위까지는 아니더라도 12부위 정도로는 나뉘어 있는 것 같았다.

"왜 이렇게 비싼 회를……."

"비싼 거 먹고 부디 비싼 글 쓰라고. 이제 알겠남?"

이럴 때 남들은 뭐라고 하는지 모르겠다. 나는 고작 이렇게 대답했다.

"너무 무리하시는 거 아녜요?"

"건방 떨지 말고 어서 먹기나 해. 회 식어."

다금바리회에 대한 기대가 너무 컸던 탓일까? 솔직히 다른 자연산 회에 비해 특별히 맛있다는 느낌은 받지 못했다. 맛있게 먹으려고 무척 노력했는데 말이다. 내가 직접 잡아서 먹은 참돔, 감성돔, 돌돔의 회보다 낫다는 느낌이 조금도 들지 않았다. 혹시 중국산인가? 아니면 수족관에 너무 오래 넣어둬서 기름기가 다 빠져나간 것일까? 설마 민어 등살은 아니겠지?

아는 게 병이라고 실로 온갖 생각이 머리를 스치고 지나갔다. 급기야 친구 아버님께 죄송한 마음마저 들었다. 일부러 제주도까지 비행기를 타고 내려와 비싼 회를 사주셨는데, 면전에서 이런 생각이나 하고 있다니. 얼굴을 들기조차 민망스러웠다. 그게 다 팔자에 없는 그놈의 다금바리회 때문이었다.

깅이죽

'깅이'는 게의 제주 방언이다. 간혹 '갱이'라고도 하는데, 확인해본 결과 '깅이'가 맞다는 결론을 내렸다.

깅이죽은 게를 살살이 절구에 빻은 다음 삼베로 즙을 짜서 좁쌀과 함께 진득하게 끓인 것이다. 성산포에 머물 때 해녀 할머니한테 직접 들은 얘기다. 제주도 전역에서 깅이죽을 먹을 수 있는 곳은 섭지코지 '해녀의 집'뿐이다. 값은 전복죽보다 싸다. 깅이죽에 쓰이는 것은 새끼 게다. 주로 음력 3월 보름에 썰물이 가장 셀 때 바위틈을 돌아다니며 잡는다고 한다. 마침 몸이 좋지 않을 때여서 아침마다 해녀의 집에 들러 그 연둣빛의 진득한 죽을 보약처럼 먹곤 했다.

이는 제주도 음식이지만 섭지코지의 토속음식이 아닌가 싶다.

전복죽

제주도 전복죽은 내장까지 함께 갈아서 죽을 쑨다. 그러니 연둣빛으로 진득하니 매우 고소하다. 깅이죽처럼 좁쌀을 사용하는 경우도 있다. 제주도라고 해서 전복이 흔한 건 아니다. 옛날처럼 많이 잡히지 않는 것이다.

낚시를 하다 보면 갯바위 아래로 종종 해녀들이 접근한다. 소라, 전복이 갯바위 밑에 붙어 살기 때문이다. 그런 경우 낚시는 사실상 포기해야 한다. 그렇다고 해녀들을 탓해서는 안 된다. 그네들에겐 그것이 곧 생업이기 때문이다. 그럴 때마다 낚싯대를 내려놓고 해녀에게 묻곤 한다.

"물속에 고기 좀 있어요?"

"없어. 물이 차잖어. 괜히 시간 쓰지 말고 집에 가서 마누라 일이나 도와줘."

"안 그래도 반찬거리 장만하러 나왔어요. 그런데 전복은 좀 나와요?"

"그것도 없어. 벌써 몇 해쩬가 몰라. 물이 변해서 그런지 전복 씨를 뿌려 놔도 잘 크질 않어."

"소라는요?"

"전복보단 좀 낫지만 마찬가지여. 얼른 집에 가."

"소라 좀 사가면 안 될까요? 만 원어치만 주세요."

"어촌계에서 알면 큰일 나. 공동작업이거든."

"그래도 좀 파세요. 고기를 한 마리도 못 잡아서 그래요. 빈손으로 집에 갈 수는 없잖아요."

"안 돼. 돌문어하고 객주리나 가져가."

돌문어와 객주리는 전복과 소라를 채취하면서 얻는 일종의 부산물이다. 바위틈에 숨어 있는 놈을 작살이나 맨손으로 잡아낸다. 만 원을 건네주니 돌문어와 객주리에 소라 두 개를 얹어준다. 그리고 이런 말도 잊지 않는다.

"어디 가서 얘기하지 마."

나야 얘기할 데도 없다.

요즘 전복은 대부분 양식이다. 제주도와 남해안 지방에서 대량 양식해 수산물 시장에 공급한다. 당연히 자연산에 비해 맛이 떨어진다. 회로 먹어보면 쉽게 알 수 있다. 도돌도돌 씹히는 맛이 없고 물렁하다. 향도 떨어진다. 그러나 어쩌랴. 더 이상 자연산은 잡히지 않는 것을.

제주시 동문시장이나 서귀포의 시장에 가면 해녀 할머니들이 좌판에 올려놓고 파는 전복이 있다. 물기가 마르지 않도록 해초로 정성껏 덮어둔다. 이는 자연산이라고 봐야 한다. 거기서 몇 개 사다가 죽을 쑤어서 먹으면 보약을 먹은 듯 든든하다. 물론 내장을 함께 갈아넣고 죽을 쑤어야 한다.

객주리탕

'객주리'는 쥐치의 제주 방언이다. 그러므로 객주리탕은 제주의 토속음식이라고 할 수 있다. 관광객들이 가는 음식점에서는 찾아보기 힘들고 해안가 현지인 식당에 가면 먹을 수 있다. '말쥐치'라는 게 있다. 보통 쥐치에 비해 체형이 크고 머리가 말머리처럼 길쭉하다. 그리고 등에 뾰족한 가시가 나 있다. 낚시로 잡으면 이 등가시부터 잘라낸다. 손을 찔리면 아프기 때문이다.

객주리탕은 매운탕으로 먹는데 밥상에 올려놓아도 좋고 술안주로도 먹는다. 맛이 달차근하고 속이 시원하다. 회도 역시 달차근한 맛이 난다. 닭 육회와 비슷하다는 느낌이 든다.

옥돔

제주도에서는 옥돔을 '옥도미' 혹은 '옥토미'라고 부른다. 옛날엔 옥돔만 '생선'이라고 불렀다고 한다. 그만큼 맛이 좋다는 얘기다. 생선국도 곧 '옥돔국'을 일컫는 말이었다. 어느 날 해안 일주도로를 타고 서귀포에서 성산 쪽으로 차를 몰고 가다가 배가 고파 길가에 있는 식당에 들어갔다. 표선쯤이 아니었나 싶다. 벽에 붙어 있는 메뉴판에 '옥돔국'이 있어 주문했다.

그것은 무채를 잔뜩 썰어 냄비에 깔고 옥돔 한 마리를 통째로 넣은 채 소금으로 간하여 끓여낸 국이었다. 다른 양념은 전혀 넣지 않은 것 같았다. 그러니 맛이 심심했다. 그런데 다 먹고 나니 속이 바다처럼 맑아진 느낌이었다. 입 안에는 여전히 옥돔의 깔끔한 향이 남아 있었다.

옥돔회를 먹으려면 운이 따라줘야 한다. 어느 여름날 저녁, 제주도 북쪽 구엄방파제에 바람을 쐬러 나갔다가 배에서 내리는 어부들을 보았다. 양동이에 들고 내리는 것을 보니 옥돔이었다. 몇 마리 되지 않았다. 제주도 근해에서는 이제 옥돔이 잘 잡히지 않는 것이다. 근래엔 동지나해나 중국해 쪽으로 옥돔잡이를 나간다. 거기서 잡아온 옥돔은 제주산에 비해 맛이 한결 떨어진다. 살이 무르고 향도 제주산만큼 진하지 않다. 수협에 가서 옥돔을 사려면 제주산은 두 배 가까운 값을 줘야 한다.

그날 나는 옥돔을 두 마리 사와(처음엔 팔지 않으려고 했다) 회로 떠서 먹어보았다. 다른 회에 비해 쫄깃한 맛은 조금 덜했지만 역시 맑고 향긋한 내음이 묻어났다. 비린내도 나지 않았다. 옥돔만의 독특한 풍미를 느낄 수 있었다. 아마 앞으로는 먹어보기 힘들 것이다. 그날은 단지 운이 좋았던 것뿐이다.

아, 그 분홍빛의 아름다운 어체!

오분자기 뚝배기

제주도에 가면 누구나 한 번쯤 먹게 되는 음식이다. 오분자기는 전복의 사촌뻘이라고 보면 된다. 이 둘의 구분은 쉽지 않다. 하지만 구별하는 방법이 있다. 전복이든 오분자기든 타원형의 껍질 바깥으로 6~8개의 구멍이 나 있다. 그런데 전복은 껍데기 위로 구멍이 튀어나온 반면, 오분자기는 표면이 그냥 매끈하다. 또한 오분자기는 일정한 크기가 되면 더 이상 자라지 않는 점이 전복과 다르다.

오분자기도 요즘은 많이 잡히지 않는다고 한다. 몇 년 전만 해도 아주 흔했다. 그때는 식당에 들어가 오분자기 뚝배기를 시키면 안에 싱싱하고 쫄깃한 오분자기가 대여섯 개씩 들어 있었다. 요즘은 고작 두세 개 정도여서 숟가락으로 저어 찾아내야 한다. 크기도 작고 씹기가 힘들 만큼 질다. 얼렸다 녹였기 때문이다. 냉동을 시킨 이유는? 간단하다. 수입품이라는 뜻이다. 대개 중국산을 쓴다고 한다. 왜 이렇게 된 것일까? 이제는 제주 바다마저 오염이 된 걸까?

오분자기는 된장과 가장 잘 어울리는 해산물이라고 한다. 제주에 자주 들르던 광주 시인 송수권 선생(얼마 전에 작고하셨다)의 말이다. 서귀포 '진주식당'에 가면 냉동시키지 않은 전복과 오분자기를 뚝배기용으로 쓴다. 제주에 사는 동안 나는 이 오분자기 뚝배기를 얼마나 많이 먹었던고. 아마 된장찌개만큼 자주 먹었을 것이다. 그 얼큰하고 시원한 국물 속에서 오분자기를 건져 먹는 재미, 뜨거운 닭새우를 꺼내 손으로 부숴 먹는 맛이라니.

돌문어

성산 일출봉 아래 음식점 골목을 뒤지다 보면 '경미휴게소'라는 아주 작은 식당이 있다. 해녀들이 잡아온 해삼, 멍게, 전복, 돌문어 등을 파는 집이다. 이곳에 가면 '문어 라면'을 먹을 수 있다. 아니, 이 집에 가야만 먹을 수 있는 별식이다.

그전에 돌문어를 삶아 커다란 접시에 썰어준다. 돌문어는 보통 문어와 달리 차지고 고소한 맛이 더하다. 문어 머리 속에는 속칭 '된장'이라고 부르는 뇌수가 들어 있다. 삶으면 된장하고 진짜 똑같이 생겼는데, 문어 맛의 핵심은 바로 이 된장에 있다. 간재미의 '간'과 함께 돌문어의 '된장'은 별미 중 별미다. 그토록 고소한 맛은 아마 어디에도 없으리라. 이걸 모르는 사람들은 모양과 색깔이 징그럽다고 젓가락으로 슬쩍 옆으로 밀어놓는다. 그러므로 가만히 지켜보고 있다가 조용히 집어 먹으면 된다.

삶은 돌문어를 다 먹을 즈음이면, 곱게 화장한 주인 아주머니가 문어 삶은 물에 조개를 넣고 라면을 끓여준다. 문어는 피를 맑게 해주는 생물로 알려져 있다. 그런 까닭인지 문어 국물에 끓인 라면은 해장국처럼 속을 맑고 시원하게 풀어준다. 문어 특유의 구수한 향미가 한껏 맛을 더한다.

서울에서 손님이 내려오면 나는 항상 이 집으로 데려가곤 했다. 다들 한결같이 독특한 맛이라고 고개를 끄덕였다. 그들 중에는 서울에 돌아간 뒤 그 집 돌문어와 라면이 생각난다고 전화를 걸어오는 사람도 있었다. 그때마다 내가 하는 말이 있었다.

"그런데 그 집 된장 맛은 모르지?"

그럼 대개 이렇게 반문한다.

"된장이라니?"

"삶은 돌문어 머리 속에 들어 있는 작은 된장 덩어리 말이오. 실은 그게 진짠데."

"무슨 말인지 아직도 모르겠는데요."

"왜, 있잖아요. 애기 똥처럼 생긴 거. 그대가 징그럽다며 내 앞으로 밀쳐놓은 거."

"아…… 그거요?"

"그게 바로 문어 된장이라는 거요."

이렇게 옥신각신하다 전화를 끊는다.

내가 대전에 가는 또 다른 이유

나는 초등학교 4학년 때부터 고등학교를 졸업할 때까지 대전에서 약 십 년간 살았다. 부모님이 지금도 대전에 살고 계시므로 제2의 고향이라 불러도 무방하다. 하지만 나는 평소 대전을 그리워하며 살지는 않는다. 대전에서 보낸 십대 시절이 조금도 행복하지 않았던 것이다. 대전은 남북 교통의 중심지로 여러 지역에서 온 사람들이 모여 사는 도시다. 같은 충청도 사람이긴 해도 우리 가족 또한 그곳에서는 이방인에 불과했다.

어려서 나는 종종 이런 얘기를 듣고 자랐다. 남쪽 지방에서 기차를 타고 서울로 올라가는 도중 차비가 떨어져 대전에 내리는 사람들이 많았다고. 이와 비슷한 얘기가 또 있다. 남도에서 출발한 기차는 중간 기착 지점인 대전역에서 오 분 정도 좀 길게 정차한다. 이때 배고픈 사람들은 기차에서 내려 가락국수를 사먹는다. '대전역 가락국수'가 유명해진 것도 다 이 때문이다. 그런데 가락국수를 먹다 가끔 기차를 놓치는 수가 있다. 그중에는 서울로 가는 것을 단념한 채 그대로 대전에 눌러앉는 사람들이 있었다고 한다.

단지 먹고살기 위해 부친을 따라 대전으로 이주했으나 사는 형편은 좀처럼 나아지지 않았다. 스무 살이 되어 대전을 떠나오면서 나는 마치 감옥에서 탈출하는 기분이었다. 해방의 기쁨이 바로 이런 것이로구나, 라고 생각할 지경이었다. 지금도 부모님이 살고 있지 않다면 굳이 대전에 갈 생각을 하지 않을 것이다.

순대

서울에서 기차를 타고 대전역 광장에 내리면 전방으로 긴 중앙대로가 보인다. 시내 중심가다. 대로 끝에는 일제강점기 때 지은 도청 건물이 있다. 광장에서 지하상가로 통하는 계단을 내려가 곧바로 왼쪽으로 나가면 중앙시장 입구가 나온다.

전국의 어느 시장이든 먹자골목이 있게 마련이다. 대전 중앙시장 먹자골목은 곧 순대집 골목이라고 할 수 있다. 고등학생 때 나는 그곳에 자주 드나들었다. 거기엔 미성년자 출입금지라는 말이 붙어 있지 않았다. 설령 그렇다 하더라도 순대를 먹으러 왔다면 고등학생이라도 쫓아낼 수 없었다. 그러다 슬쩍 소주나 막걸리를 시켜 먹기도 했다. 같은 문학 동인회 소속의 대학생 선배를 늘 한 명쯤 대동하고 다녔으므로 크게 문제가 되지도 않았다.

그곳 순대는 가공 창자를 쓰지 않았다. 진짜 돼지 창자에 쌀, 두부, 파, 숙주나물, 표고버섯, 선지, 심지어 소고기까지 다져 넣고 삶아낸 오리지널 순대였다. 대창을 써서 지름이 10센티미터 정도로 굵었다. 불과 한 점을 썰어주고 그 당시 천 원을 받았으니 다소 비싼 편이었다. 하지만 그것만 먹어도 밥 한 그릇을 먹은 것만큼이나 속이 든든하고 배가 불렀다. 거기에 막걸리 한 사발이면 그야말로 배가 꽉 찼다. 순대국밥에는 소창 순대와 머릿고기를 넣었다.

또 술을 시키면 돼지뼈 우린 뽀얀 국물을 대접에 가득 담아주었다. 거기에 파, 후춧가루, 고춧가루, 소금을 넣고 마시면 그 또한 속이 든든했다. 그래서 추운 겨울밤엔 중앙시장 순대골목으로 우우 몰려가곤 했다. 연탄불 앞에서 각자 술에 취해가며 문학을 얘기했다. 술값은 각자 주머니를 털어 모으거나 대학생 선배가 내주곤 했다.

대전을 떠난 뒤 나는 순대를 입에 대지 않았다. 순대는 내게 괴로웠던 시절을 떠올리게 하는 음식이었다. 그로부터 오랜 세월이 흐른 삼십대 중반의 어느 날, 나는 남대문시장에 갔다가 우연히 순대를 먹게 되었다. 동행했던 사람이 순대를 먹고 싶어 했던 것이다. 그때 어쩔 수 없이 대전 중앙시장 먹자골목의 순대 맛이 떠올랐다. 남대문시장의 순대가 맛이 없었기 때문인지도 모른다.

식용 비닐을 써서 만든 것으로 안에 들어간 재료도 당면과 선지 뿐이었다. 그 후에도 나는 일 년에 몇 번씩 대전을 오갔으나 중앙 시장엔 들르지 않았다.

그후 동유럽을 여행하다가 나는 헝가리의 부다페스트에서 며칠을 보내게 되었다. 사흘째 되던 날, 겔레르트 언덕에 올라갔다 시내로 내려오는 길에 나는 재래시장에 들렀다. 거기서 놀랍게도 순대를 발견했다. 가게마다 주렁주렁 순대가 걸려 있었다. 또한 족발도 있었다. 믿을 수 없겠지만 마늘과 파도 있었다. 그때 불현 듯 내 머리에 떠오른 단어가 있었다. '알타이', 즉 한반도에서부터 헝가리까지 이어진 언어의 뿌리 말이다.

나중에 안 사실이지만 순대는 몽골 음식이었다. 한반도나 헝가리에 몽골 기마 민족이 퍼뜨린 음식 중 하나였던 것이다. 헝가리 인들이 굴라시라고 부르는 육개장 또한 마찬가지다. 일상적으로 굴라시를 먹기 때문인지, 유럽에서는 유일하게 헝가리 사람만 숟 가락을 사용하고 있다.

그곳 부다페스트 재래시장에 앉아 순대를 먹으며 나는 엉뚱하 게도 대전 중앙시장을 떠올렸다. 그와 함께 십대의 우울했던 기 억들이 뇌리를 스치고 지나갔다. 그리고, 이제 과거와 화해하고 그 시절을 내 삶의 일부로 받아들일 때가 되었음을 깨달았다.

요즘 나는 대전에 가면 대개 중앙시장 순대골목을 찾는다. 옛날에 함께 문학을 공부했던 친구를 불러내 술국에 소주를 마시거나 순대를 먹기도 한다. 혼자 슬그머니 찾아가는 경우도 있다. 아직도 옛날 그 맛 그대로인 것이 퍽이나 위안으로 다가온다.

두부 두루치기

연말이 되면 크리스마스를 전후해 '문학제'를 열었다. YMCA 강당을 빌려 촛불을 켜놓고 시와 산문을 낭송하는 행사였다. 각 학교에서 꽤 많은 학생이 구경 왔던 걸로 기억한다. 행사가 끝나면 대개 대전여중 건너편 골목에 있는 '진로집'으로 몰려가 뒤풀이를 했다. 진로소주만 파는 두부 두루치기집이었다.

오늘날까지 '진로집'은 성업 중이다. 뜨거운 두부를 큼직큼직 썰어 접시에 올려놓고 고추장, 고춧가루, 생강분, 마늘 다진 것, 진간장, 후춧가루, 깨소금 등을 넣고 프라이팬에 달달 볶은 돼지고기 양념을 붓는다. 설익힌 대파의 파란빛이 그대로 남아 있어 보기에도 맛깔스럽다. 눈으로 먼저 먹고, 그다음에는 냄새로 먹고, 마지막으로 입으로 먹은 음식이 바로 진로집의 두부 두루치기다.

다른 지방의 두부 두루치기와 다른 것은 프라이팬에 두부와 양념을 함께 넣고 익히는 게 아니라 우선 끓는 물에 두부만 따로 익혀 접시에 썰어놓고 나중에 양념장을 얹어 먹는다는 점이다. 몹시 매웠으므로 이마에 뻘뻘 땀을 흘려가며 먹었다. 게다가 소주와 함께 먹으니 속에서 불이 났다. 얼굴로 흘러내리는 땀 속에는 가끔 비릿한 눈물도 섞여 있었다.

진로집은 일반 주택을 음식점으로 개조한 식당이다. 언제 가도 빈자리를 찾기 힘들었다. 마당에 들어서면 늘 잔칫집 분위기였다. 사람들이 아마 그런 분위기를 좋아했던 것 같다. 값도 저렴하고(두부 두루치기를 얼마나 받겠는가) 인심도 후한 편이었다. 거나하게 술에 취해서 그 집을 나올 때면 각자 신발을 찾느라고 부산을 떨었다.

추사 김정희는 두부를 가장 좋은 음식으로 꼽았다. 아침저녁으로 두부를 먹어가며 손자손녀들과 함께 지내는 것이 인생의 가장 큰 지복이라고 했다. 어려서 내가 살던 집 옆에 두부집이 있었다. 그래서 아침마다 따뜻한 두부를 배달해 먹을 수 있었다. 그 두부의 힘으로 우리 가족은 각자 어려운 시절을 살아냈는지도 모르겠다.

최근에 와서야 나는 대전이 '두부'로 유명하다는 사실을 알았다. 대전에 가면 도처에 순두부집 간판이 걸려 있는 걸 볼 수 있다. 그런데 이런 두부도 있다. 커다란 가마솥에 두부와 살아 있는 미꾸라지를 함께 넣고 끓이면 미꾸라지가 뜨거움을 참다 못해 두부 속으로 파고든다. 그것을 건져내 부엌칼로 썰어 양념장에 찍어 먹는다. 그게 대전의 명물 두부라고 한다.

도리뱅뱅이

내 부모님이 사는 집은 대전의 남쪽 끝에 있다. 전라북도와 가까운 곳이다. 전라북도와 대전 사이에는 인삼으로 유명한 금산이 있다. 지금은 충청남도에 편입됐지만 옛날엔 전라북도에 속한 지방이었다.

일전에 대전에 들렀더니 어머님이 금산에 다녀오자고 했다. 차로 한 시간이면 족한 거리다. 내가 운전하는 차에 어머님을 모시고 함께 금산에 다녀왔다. 버즘나무 가로수가 아치처럼 우거져 있는 길은 아름다웠다. 도착해보니 마침 금산 장날이었다. 몇 군데 가게를 들러 가격을 알아본 다음 어머님은 인삼을 샀다. 나더러 서울로 가져가 틈나는 대로 달여 먹으라는 얘기였다. 어렸을 때도 어머님은 자주 금산장에 가서 인삼을 사와 내게 달여 먹이곤 했다.

가까운 친구 중에 한의사가 두 명 있는데, 그들이 이구동성으로 내게 하는 말이 있다.

"자네는 속이 더운 체질이라 인삼이 안 맞아, 인삼은 더운 성질을 가지고 있거든. 자네 맥주 좋아하지? 소주 마시면 금방 취하고. 그게 다 속이 더워서 그런 거야."

"나 어려서 인삼 많이 먹고 컸는데."

"……여름마다 힘들지 않아?"

"그게 인삼을 많이 먹어서 그런다는 거야?"

"불에다 계속 기름을 부으셨군. 자네 어머님 말이야."

이 정도 되면 나로서는 할 말이 없다. 사실 소주를 마시면 나는 금세 취한다. 그때까지는 소주니까 독해서 그러려니 했다. 맥주는 아직도 밤새 마실 수 있다. 그것이 나는 어려서부터 꾸준히 먹어둔 인삼 덕분인 줄 알았다.

어느 날 무심코 어머님에게 이렇게 말했다.

"한의사들 말로는 인삼이 저한테 안 맞는다네요."

어머님은 몹시 서운해 하셨다. 차라리 얘기하지 말 것을, 나는 이내 후회했다. 그 후부터 어머님은 내게 홍삼을 사서 보낸다. 홍삼은 체질과 관련이 없단다. 나는 다시 어머님 말을 믿기로 했다.

　금산에 다녀오는 길에 어머님이 점심을 먹자고 했다. 금산에서
충북 영동 쪽으로 십오 분쯤 빠지면 적벽강이 나오고 도리뱅뱅이
와 어죽으로 유명한 동네가 있다. 물론 금산에 속한 지역이다. 도
로 옆에 식당이 열댓 개쯤 모여 있는데 간판이 모두 똑같다.
　'어죽, 도리뱅뱅이, 민물 매운탕, 쏘가리회, 쏘가리탕.'
　길 건너편으로 적벽강이 흐른다. 충북 옥천 쪽에서 내려온 물
과 합쳐져 민물고기가 많이 잡히는 곳이다. 식당으로 들어가 주
인에게 물었다.
　"요즘도 쏘가리 많이 잡혀요?"
　"오랜만에 오신 모양이네요."
　잘 안 잡힌다는 얘기다. 어딜 가나 듣는 소리다.
　"황쏘가리는 가끔 보이나요?"
　황쏘가리는 천연보호수종 190호로 지정돼 있는 물고기다. 황
금빛 바탕에 다각형의 검은 무늬가 밀집해 있어 보기에도 몹시
아름다운 물고기다. 황복보다 더 귀하다.
　"무얼 드실 거죠?"

"내 아들이 지금 말했잖소. 황쏘가리라고."

난처한 표정으로 주인이 고개를 가로저었다.

"저도 구경한 지 오래됐어요. 못 잡게 돼 있다구요. 아드님도 잘 아실 겁니다."

방에 들어가 앉아 도리뱅뱅이와 어죽을 주문했다. 도리뱅뱅이는 피라미 튀김이다. 꽃무늬가 있는 커다란 접시에 수십 마리의 피라미를 몇 겹으로 둥그렇게 돌려가며 올려놓는다. 그 위에 고추장, 오이채, 깨소금을 버무린 양념장을 발라 먹는다. 상당히 화려한 느낌을 준다. 대개 술안주로 먹는데 어죽이 끓기를 기다리는 동안 하나씩 집어 먹었다. 바삭하니 고소하고 매콤한 맛이 옛날 그대로였다.

이윽고 어죽이 나왔다. 어떻게 끓이는 거냐고 어머님이 물으니, 주인이 친절하게 대답해주었다.

"찹쌀과 멥쌀을 반씩 섞어 넣고 끓여요. 냉이, 달래, 봄동, 시래기, 인삼이 들어가구요. 물론 수제비는 기본으로 들어가죠."

민물고기를 잔뼈까지 갈아 끓인 어죽은 진득하고 비린내가 없이 담백했다. 뒷맛이 여간 고소한 게 아니었다. 일종의 보양식이라 할 수 있다. 옛날엔 폐가 좋지 않은 사람들이 자주 먹던 음식이라고 한다. 어머님도 옛날에 폐병을 앓으신 적이 있다. 마침 어죽을 먹으러 온 게 다행이라는 생각이 들었다.

돌아오는 차 안에서 어머님은 말없이 앞만 내다보고 있었다. 어머님에게 대전은 어떤 곳인지 불현듯 궁금해졌다. 하지만 나는 끝내 그런 질문은 하지 않았다. 다만 앞으로 대전집에 들르면 어머님을 모시고 가끔 적벽강으로 어죽을 먹으러 가야겠다는 생각을 했다. 이제 정녕 과거와는 화해할 때가 온 것이리라.

시
간
의
맛

"억지로 잊혀지는 게 아니잖아요.

생각나면 생각나는 대로 그냥 생각하며 사세요.

다른 사람들도 다 그렇게 살고 있어요."

섬진강의 봄

삼십대 중반에서 사십대 초반까지 나는 해마다 섬진강에서 봄을 맞았다. 매화 필 무렵 짐을 싸들고 내려가 벚꽃이 지면 서울로 올라오곤 했다. 대개 쌍계사 경내에 있는 청운산장에서 묵었다 (아쉽게도 지금은 문을 닫았다).

2월 말이면 광양에 매화가 피고, 매화 질 무렵엔 구례 산동에 산수유가 피고, 산수유 질 무렵엔 화개장터에서 쌍계사로 들어가는 십여 리 길에 벚꽃이 환하게 핀다.

시나브로 남풍이 불고 벚꽃이 피면 남해에서 섬진강으로 은어 떼가 올라온다. 며칠 간격을 두고 황어 떼도 뒤따라온다. 그 부산한 틈바구니에서 마을 사람들은 꺼랭이로 강바닥을 긁어 재첩을 잡는다. 때 맞춰 찻잎을 따기 위해 인근에서 사람들이 몰려든다. 곡우穀雨 전에 딴 햇차를 '우전차雨前茶'라 하는데, 녹차 중에서 그것을 으뜸으로 친다.

섬진강은 전라도와 경상도를 가르며 남해로 흘러든다. 전라도 강변엔 대나무가 많고 경상도 강변엔 밤나무가 많다. 밤꽃이 피기 시작하면 그 야릇한 냄새에 취해 불현듯 밤이 두려울 때가 있다.

은어

은어는 1년생 물고기로 가을에 바다로 내려갔다가 봄에 자신이 태어난 곳으로 돌아와 산란을 하고 죽는다. 치어가 추석 무렵 바다로 내려갔다가 산란을 위해 봄에 돌아오는 것이다. 화개 마을엔 은어를 전문적으로 잡는 청년이 몇 명 있다. 은어는 대개 털바늘낚시나 놀림낚시 채비로 잡는데, 그들은 옛날부터 내려온 자기들만의 고유한 방법을 쓴다고 한다. 붙잡고 물어봐도 '영업 비밀'이라며 알려주지 않는다.

4월에 쌍계사로 벚꽃 구경을 가본 사람은 알겠지만 식당 수족관마다 은어들이 가득 들어차 있다. 밥솥에 쪄서 양념 간장에 찍어 먹으면 달콤한 수박 향이 난다. 은어는 민물고기지만 1급수 어종이므로 회로 먹기도 한다. 자작자작 씹히는 맛과 독특한 향미로 미식가들한테 인기가 좋다. 회를 꺼리는 이들은 튀김으로 먹으면 된다. 달걀을 푼 밀가루를 살짝 입혀 기름에 튀기면 고소하다. 벚꽃나무 아래 앉아 동동주와 함께 안주 삼아 먹으면 부드럽게 씹히며 목으로 넘어가는 맛이 바로 섬진강의 봄 맛이 아닌가 싶다.

황어

황어는 불가佛家에서 죽은 자들의 넋으로 여긴다. 그걸 모르는 사람들은 얕은 강바닥으로 떼를 지어 올라오는 황어를 작대기로 때려잡기도 한다. 그러나 은어와 마찬가지로 산란을 위해 올라오는 중이므로 자제하는 게 좋지 않을까 싶다. 봄철 황어는 맛도 거칠다. 하동 사람들은 이런저런 이유로 황어를 먹지 않는다. 타지에서 온 사람들이 꽃구경을 왔다가 고기 떼가 보이니 우선 잡고 보자는 식인 것이다. 황어는 동해안에서도 자주 잡히는데, 봄에는 역시 잡지도 먹지도 않는다. 바다에 서식하고 있을 때 황어는 몸통이 은빛이 도는 회색을 띠는데, 산란기에는 옆구리에 폭이 넓은 붉은빛의 띠가 나타나고 등 쪽에도 붉은빛의 세로 띠가 보인다. 이는 은어나 연어도 마찬가지다.

재첩

아내의 고향이 하동이다. 그녀의 말에 따르면, 어렸을 때 비가 오는 날이면 재첩국 장사가 마을을 돌아다녔다고 한다. "재첩국 사이소, 재첩국 사이소!" 하며. 아주머니가 항아리에 재첩국을 담아 머리에 이고 집집마다 돌아다녔다는 것이다. 냄비에 먹을 만큼 받아 아궁이 불에 데워 먹는데 어른들 술안주나 아이들 간식 거리였단다.

아침에 섬진강에 나가보면 저마다 허리를 구부린 채 꺼랭이를 들고 강바닥을 긁는 사람들을 볼 수 있다. 모래와 함께 섞여 나온 재첩을 채반으로 걸러 양동이에 담는데 보통 중노동이 아니다. 재첩의 크기라는 게 고작 새끼손톱만 해 여간 많이 잡지 않으면 양동이가 차지 않는다.

내가 머물던 청운산장에도 재첩을 삶는 가마솥이 있었다. 재첩을 삶을 때는 나무 주걱으로 계속 저어주어야만 껍데기와 알맹이가 분리된다. 한참을 삶아야 국물이 뽀얗게 우러난다. 껍데기는 건져내고 재첩살과 국물을 사발에 담아 부추와 고춧가루, 굵은 소금으로 적당히 간을 해서 먹는다. 먹고 나면 금방 속이 맑아지는 느낌이 든다. 전날 꽃에 취해 동동주를 많이 마셨다면 속풀이 아침 해장으로는 그만한 게 없다.

재첩 또한 회로 먹는다. 부추를 썰어 넣고 고춧가루로 버무려 젓가락으로 재첩살을 하나씩 집어 먹다 보면 어느덧 술에 취해 눈앞에 어른거리던 꽃무늬가 신혼방의 이불보처럼 변한다.

고로쇠 물

어느 날 옆방에 머물던 중년의 남자가 자정 무렵 내 방문을 두드렸다. 나는 문을 갸웃이 열고 고양이처럼 눈만 내민 채 물었다.

"이 늦은 밤에 웬일이십니까?"

"자는 게 아니면 건너와서 화투나 칩시다."

"저는 잡기라면 딱 질색인데요."

사내가 혀를 차며 핀잔조로 말했다.

"거 사람하곤, 일단 건너와봐요."

결국 술이나 먹자는 거겠지, 라고 생각하며 나는 사내의 방으로 건너갔다. 방 한가운데 모포가 깔려 있었다. 그 옆에는 역시 한 말짜리 막걸리통이 놓여 있었다. 앉자마자 사내가 사발을 내밀었다.

"자, 마십시다. 오늘 중에 이거 다 마셔야 해요."

이거 오늘 밤 죽었구나 싶었는데, 막걸리 통에서 연한 연둣빛이 도는 맑은 수액이 흘러나왔다. 지리산 고로쇠 물이라고 했다. 봄철에 고로쇠나무에 구멍을 뚫어 수액을 받아 마시는 것이다. 위장병에 좋단다. 사발을 비우자 사내가 오징어 다리를 뜯어 내밀었다.

"고로쇠 물에 웬 안줍니까?"

"고로쇠 물만 줄창 마셔대면 속이 울렁거리거든. 자, 화투나 치면서 사이사이 나눠 마십시다."

"규방 처녀들도 아니고 둘이서 무슨 화툽니까?"

"그럼 사내 둘이 마주 앉아 밤새 쳐다보며 물만 마셔댈까요?"

그건 좀 그렇다. 어쩔 수 없이 화투를 쳤다. 점당 백 원인데, 불과 이십 분 만에 오천 원을 잃고 말았다. 세상에 공짜가 없는 것이다. 고로쇠 물값이려니 하고 순순히 내주었다.

"위장병이 있나 보죠?"

"사업한답시고 만날 술을 마셔대니 속이 온전하겠어요?"

그는 부천에서 자동차 부품업체를 경영하고 있었다. 나보다 두어 살 위로 보였다.

"형씨는 뭐 하는 사람입니까?"

둘러댈 말이 마땅치 않아 나는 사실대로 고백했다.

"문필업에 종사하고 있습니다."

"문필업, 이라면…… 대서소 말입니까?"

"뭐, 그와 비슷하다고 볼 수 있죠."

"혹시, 당신 소설가요?"

"어쩌다 보니 그렇게 됐습니다."

"말조심 해야지, 이거 자칫하다간 형씨 소설에 조폭 나부랭이로 등장하겠네."

"요즘은 조폭업계에서 자동차 부품업까지 손을 대나 보죠?"

"왜 아니겠소."

오징어 다리를 씹으며, 화투를 치며, 고로쇠 물을 마시며, 번갈아 화장실에 다녀오는 동안 밤이 저절로 깊어갔다. 새벽 3시쯤에 그가 말했다.

"나, 오 년 전에 상처하고 작년 봄에 재혼했다오. 근데 봄만 되면 죽은 아내 생각이 나 아직도 이러고 다닌다오."

"……."

"소설엔 쓰지 않기요."

"목구멍이 포도청이라 장담은 못 하겠군요."

"내가 괜한 말을 했군."

"그래서 또한 술을 많이 드시나 보죠?"

"뭐, 그런 점도 없지 않겠지."

"억지로 잊혀지는 게 아니잖아요. 생각나면 생각나는 대로 그냥 생각하며 사세요. 다른 사람들도 다 그렇게 살고 있어요."

"그런가?"

"저는 고로쇠 물 그만 마셔야겠네요. 숨이 차서 더 이상 못 마시겠거든요."

"이 통에 들어 있는 건 다 마셔야 해요. 아침이 되면 색깔이 누렇게 변하거든."

결국 한 말짜리 고로쇠 물을 둘이 다 나눠 마시고 나서야 화투판을 접었다. 새벽 5시였다. 며칠 뒤 나는 이 사내와 함께 부산 기장의 대변항에서 열리는 멸치축제에 다녀왔다.

그리고 이듬해 가을, 청운산장에서 다시 만나게 된다.

녹차

봄에 화개 주변을 어슬렁거리다 찻집에 들어가면, 직접 차를 달여주는 주인들을 심심찮게 만날 수 있다. 차에 대해서 물어보면 대개 친절하게 대답해준다.

"작설차가 무슨 뜻이죠?"

"작설雀舌은 '참새 혓바닥'이란 뜻인데, 물에 풀어진 녹차 잎의 모양이 그렇다는 겁니다."

"세작, 중작, 대작은요?"

"세작은 그해 처음 딴 햇차를 말합니다. 우전차가 여기에 속하죠. 중작은 그다음에 딴 것, 대작은 맨 나중에 딴 것. 나중에 딴 것일수록 잎이 거칠고 아무래도 맛도 거칠죠."

다도茶道의 미학은 흔히 '채움과 비움의 하나됨'으로 요약된다. 더불어 차는 사람과 사람 사이의 마음 길을 열어주는 역할을 한다.

"같은 차라도 끓이는 사람에 따라 맛이 다르게 나옵니다. 그래서 차 맛을 보면 그 사람의 성품을 알 수 있다고 하죠."

"집집마다 된장 맛이 다른 것과 같은 이치겠네요."

"그렇다고 할 수 있죠."

이렇게까지 친절을 베풀고도 종종 찻값을 안 받는 경우가 있다. 그해 처음 딴 햇차라서 길손에게 한 잔쯤 대접한다는 뜻이겠다. 그게 또한 산지의 인심이다 싶었다. 아무튼 몇 번이나 그런 식으로 공짜 차를 얻어 마셨다.

서울로 올라올 때가 되면 차를 얻어먹은 집에 들러 햇차를 한 봉지 사곤 한다. 그걸 우려먹을 때마다 어쩔 수 없이 화개 풍경이 눈앞에 떠오른다. 연둣빛 은은한 빛깔에 구수하면서도 깊은 맛이 몸과 마음을 맑게 해준다. 그때마다 마치 선시 한 편을 읽는 것 같다. 된장이 부처님이라면 녹차는 선객이 아닐까 싶다.

섬진강의 가을

가을 섬진강은 적막하고 쓸쓸하다. 저녁 무렵 쌍계사에서 들려오는 예불 소리도 적막하기 그지없다. 서울에서 내려오는 길에 구례 온천에 들러 목욕을 하고 청운산장에 도착한 것이 바로 그 시각이었다.

짐을 푼 뒤 쌍계사 대웅전에서 삼배를 올리고 내려와 산장 식당으로 들어갔다. 그런데 거기서 뜻하지 않게 낯익은 얼굴과 마주쳤다.

"여긴 또 웬일이오?"

작년 봄에 밤새 화투를 쳐가며 고로쇠 물을 나눠 먹었던 그 사람이었다.

"그쪽은 웬일이죠?"

"부산 내려가다 저녁이 닥쳐 여기서 그만 발이 묶이고 말았소."

"부산은 또 왜요? 가을에도 멸치축제를 하나요?"

"저번에 얘기 안 했나? 처갓집이 부산 아니오."

"……그럼 부인은 어디 간 거죠?"

"아침에 김포에서 비행기 타고 먼저 내려갔다오."

알 듯 모를 듯한 얘기다. 더 물어보려다 나는 입을 다물었다. 주인과 얘기를 나누다 보니 여름에 섬진강으로 올라온 눈치 떼가 아직 머물고 있다고 한다. 그럼 눈치 맛을 좀 볼 수 있느냐고 하자, 이젠 잡는 사람이 없단다. 부천 사람과 반주로 동동주를 나눠 마시고 각자 방에 들었다. 작년 봄에 머물던 방이었다. 옆방에 든 부천 사람도 마찬가지였다.

아침에 일어나 수건을 들고 개울로 내려가니 그가 먼저 와 있었다.

"아침 먹고 바람이나 쏘이러 갈까요?"

"처가엔 안 가요?"

"내일 가지 뭐."

아무리 들어도 알쏭달쏭하다. 된장찌개 백반으로 아침을 먹고 툇마루에 앉아 담배를 피우는데, 그가 어서 챙기고 나오라며 재촉을 한다.

"어디 가는데요?"

"묻지 말고 따라오면 좀 안 되겠소?"

나는 점퍼만 들고 나와 그의 차에 올라탔다. 그가 나를 데려간 곳은 남해금산이었다. 보리암에 들러 그는 부처님께 삼배를 올리고 시주를 했다. 나는 탑을 돌며 남해를 내려다보았다. 발아래 펼쳐진 산은 온통 단풍이 들어 마치 비단을 깔아놓은 듯했다. 금산

錦山이라는 이름 그대로였다. 섬들은 서로를 재촉하며 어디론가 뿔뿔이 떠나가고 있었다.

돌아오는 길에 하동 읍내 장터에 들러 전어와 개불과 굴을 샀다. 바야흐로 전어철이었다. 개불은 덤이었고 굴은 바닷물과 민물이 겹치는 개펄에서 캐낸 것이라는데 무척이나 컸다. 읍내를 벗어나는데 그가 또 뜬금없이 진교에 들렀다 가자고 했다.

"거기엔 또 뭐가 있는데요?"

"막사발이나 하나씩 사갑시다. 왜란 때 일본놈들이 '조선에 가면 막사발이 널려 있다'고 한 곳이 바로 진교 아니오."

"가보죠."

삼십 분쯤 시골길을 따라 조선 막사발을 재현하는 도요에 도착했다. 그 시각 그곳을 찾은 사람은 부천 사람과 나 둘뿐이었다. 자판기에서 커피를 뽑아 들고 담배를 피운 다음 삼만 원씩 주고 막사발을 하나씩 사서 다시 차에 올라탔다.

쌍계사로 가는 길에 오른쪽으로 '악양―평사리'라는 팻말이 보였다. 박경리 선생의 대하소설 『토지』의 무대로 잘 알려진 곳이다. 왼쪽으로는 섬진강이 옛일인 양 도도하게 흘러가고 있었다. 모래밭에 울긋불긋한 옷을 입은 아주머니들이 모여 있어 주차장을 내려다보니 관광버스가 한 대 와 있었다. 그네들은 곧 노래를 부르며 춤을 추기 시작했다. 우리 민족은 삼국시대 이전부터 유독 춤과 노래를 즐기는 민족으로 문헌에 기록돼 있다.

청운산장으로 돌아와 부천 사람은 소주를 두 병 사고 주인에게 화덕을 빌려 개울가로 내려갔다.

"전어 먹어봤죠?"

"요즘엔 서울에서도 흔히 먹을 수 있잖아요. 회로 썰어 배, 무생채, 풋고추, 미나리채, 식초 몇 방울 넣고 버무려 먹으면 별미죠."

"오늘은 숯불에 구워 먹읍시다."

그는 빨갛게 달군 숯불 위에 전어와 굴을 올려놓고 소금을 뿌렸다. 금세 고소한 비린내가 코끝에 스미며 군침이 돌았다. 전어가 다 구워질 무렵, 주먹만 한 굴도 뜨거움을 참지 못하고 거품을 토해내며 입을 벌렸다. 전어는 젓가락으로 살을 발라 먹고 굴은 초고추장에 찍어 먹었다. 허기진 속에 먹으니 간사한 혀가 그 맛에 더욱 예민하게 반응했다.

"절 아래 개울가에서 사내 둘이 도둑처럼 숨어서 생선을 구워 먹으니 맛이 더 기가 막히네. 안 그렇소?"

나는 고개를 주억거리며 말머리를 돌렸다.

"전어 참 예쁘게 생긴 물고기죠? 옆구리에 선명하게 가로로 찍혀 있는 검은 점들을 보면, 마치 규방 처녀가 한 땀 한 땀 바느질을 해놓은 거 같지 않아요?"

"당신, 소설가가 아니라 혹시 시인이오?"

"안 그래도 늙으면 시를 쓰려구요. 소설은 보통 중노동이 아니거든요. 체력은 국력, 소설은 체력. 그러므로 소설은 국력!"

"나 참, 살다 보니 별 해괴한 소리를 다 듣겠군."

"그러니 전어나 먹죠. 화덕이라 불 조절이 안 되니 다 타고 있잖아요."

"밤젓이라고 알아요?"

젓가락을 뒤로 돌려잡고 그가 내게 술잔을 내밀었다.

"전어 내장으로 담근 젓갈 아녜요?"

"반은 맞고 반은 틀렸소. 전어 창자로 담근 것은 돔베젓, 전어 위로 담근 것이 밤젓. 전어 위장이 밤톨처럼 생겼거든."

"미식가인 모양이네요."

"나는 아니오. 미식가라고 하는 사람들을 만나봤더니 처음엔 생선의 살을 좋아하다가, 그다음엔 머리를 좋아하고, 그다음엔 내장을 좋아하고, 맨 나중엔 몸통은 놔두고 눈알만 빼먹습디다.

그러니 내가 보기에 미식가란 점점 입맛을 잃어가는 족속들 같더이다."

그는 도마를 씻어 돌에 걸쳐놓고 개불을 썰었다. 개불은 초고추장에 찍어 잘근잘근 오래 씹으면 달차근하고 고소한 뒷맛이 남는다.

"이거 여자들은 징그럽다고 쳐다보지도 않습디다."

"생긴 게 좀 그렇잖아요. 전문용어로는 '은유적 생물'이라고 하죠."

"그래도 포장마차에 앉아 홍합들은 잘 먹습디다. 그것도 은유적 생물 아니오?"

"우리가 지금 음담패설 하고 있는 거 알아요?"

"그러면 좀 어때서."

"요 바로 위에 절이 있잖아요. 곧 저녁 예불 시간인데."

"그럼 서둘러 먹고 산장으로 올라갑시다."

"저녁은 어떡하실래요?"

"이렇게 먹고 또 저녁을 먹어?"

"속이 비리잖아요. 된장찌개로 좀 눌러줘야지. 아까 수족관을 들여다봤더니 참게 몇 마리가 들어 있더군요. 그거 된장찌개에 넣고 끓여 소주나 한 병 더 하죠."

"하긴 화덕 빌린 값은 해야겠지."

장비를 수습해 산장 식당으로 올라왔다. 주방에서 끓이는 참게 된장찌개 냄새가 침샘을 한껏 자극했다. 부천 사람이 주인 할머니에게 물었다.

"여기서 참게는 어떻게 잡아요?"

"강기슭에 수숫단을 갖다놓으면 밤에 참게들이 그걸 먹으려고 물에서 기어나와. 그때 횃불을 들고 나가 바께쓰에 주워 담으면 돼."

"요즘도 많이 잡히나요."

"이즘은 구경하기 힘들어."

이번에 내가 부천 사람에게 물었다.

"소고기를 먹여 담근 참게장 생각나요? 어렸을 때 자주 먹었는데. 충청도 내륙 지방에서는 논에서 잡는다고 해서 논게라고 했죠."

"논게라. 근데 요즘은 전부 중국산이더군. 덕분에 가끔 납덩이를 씹을 때도 있고."

참게를 두 마리 통째로 넣고 할머니가 끓여온 된장찌개를 먹으며 소주를 마셨다. 속이 이내 가라앉으며 술까지 잘 받았다. 이제 어디 가서 이런 맛을 보겠나 싶었다.

다음 날 아침 옆방 문을 두드려보니 그는 이미 떠나고 없었다.

보름쯤 뒤에 나는 소설을 한 편 써서 서울로 올라왔다. 그리고 며칠 뒤에 술자리에서 어떤 여자를 만나 쌍계사에 다녀온 얘기를 했다. 하동에서 사온 막사발 얘기도 했다. 곰곰이 듣고 있던 그녀가 이윽고 고개를 들고 이렇게 말했다.

"그쪽이 제 고향이랍니다."

나는 놀란 척 되물었다.

"그런데 왜 사투리를 쓰지 않는 거죠?"

"글쎄, 왜 그런 걸까요?"

"앞으로 나 만날 때는 사투리 쓰면 안 되겠어요?"

그러자 그녀가 이마를 잔뜩 찌푸리고 나를 빤히 바라보았다.

"지금 저한테 애프터 신청을 하고 있는 건가요?"

"그렇게 됐나요?"

지금까지 나는 그녀가 사투리 쓰는 것을 한 번도 들어본 적이 없다. 나는 그녀에게 가끔 이렇게 말하곤 한다.

"하동에서 한번 살아보면 어떨까?"

"왜요?"

나는 섬진강과 벚꽃과 녹차와 은어와 황어와 눈치 떼와 참게와 전어와 이런 것들을 얘기했다.

"게다가 매화 피는 광양 가깝지, 산수유 피는 구례 가깝지, 화엄사와 천은사 가깝지, 온천 가깝지, 남해금산 가깝지, 세상에 이런 곳이 어디 있겠어?"

"그런가요? 하지만 저는 안 되겠는걸요."

"왜?"

"여자들은 고향을 떠나면 다시는 돌아갈 수 없는 존재가 되거든요."

"인류학적 관점에서 그렇다는 건가?"

"한국적 관점이라고 봐야겠죠. 여자가 보따리를 싸들고 고향으로 돌아오면 다들 소박맞고 쫓겨온 걸로 이해하니까요. 금의환향이란 말이 한국의 여성들한테는 적용되지 않는다고 봐야겠죠."

듣고 보니 그런 것 같기도 하다.

"여자들은 도시를 사랑한답니다. 아니, 사랑할 수밖에 없답니다. 고향을 떠나면 갈 데가 거기밖에 없으니까요."

그것도 그런 것 같다. 남자들은 대개 산에서 텐트 치고 놀거나 강이나 바다에서 물고기 잡고 노는 것을 좋아한다. 이제야 여자들이 늙어서도 한사코 고향으로 돌아가지 않으려는 이유를 알 것 같다.

봄밤에 찾아간 곳들

한때 나는 술을 자주 마셨다. 한 번도 뭐라 한 적은 없지만 아
내가 좋아할 리 없었다. 표정을 보면 금방 알 수 있는 것이다. 하
루에 맥주 한 병 정도니 양은 그다지 많지 않았다. 그러니 마시지
말라고 할 수도 없는 것이다. 습관적인 음주의 이유는 사실 불면
증 때문이다. 잠을 자기 위해 술을 마신다는 얘기다. 타고나길 올
빼미 체질인 데다, 술을 마시지 않으면 아무리 피곤해도 새벽 5시
까지는 잠을 이루지 못한다. 불면증도 일종의 업보가 아닐까, 하
는 생각이 들 때조차 있다.

늘 맥주를 마시고 잠이 들다 보니, 아침에 일어나 거울을 보면
얼굴이 푸석푸석하다. 눈빛도 맑지 않다. 재활용 처리 또한 문제
이다. 빈 맥주병을 싸들고 내려갈 때마다 경비원이 이런 눈초리
로 쳐다본다.

'저 집은 매주 집들이를 하나?'

어느 날 그녀가 말했다.

"오늘부터는 페트병으로 마시는 게 어때요? 아무리 빈 병이라
도 유리병은 치우기도 힘들잖아요. 무겁고 소리도 나고."

"그건 야유회 갈 때나 가져가는 거 아닌가?"

"그럼 캔으로 마시면 안 되겠어요?"

217

이때다 싶었던지 그녀가 정색을 하고 말했다.

"언제까지 밤마다, 계속, 매일, 술을 마실 거죠? 본인이 알콜의
존증이라는 건 이미 아시죠?"

그 말을 듣고 나는 은근히 충격을 받았다. 그녀는 이런 말까지
덧붙였다.

"남자도 나이가 들면 몸에서 좋은 냄새가 나야 해요. 술과 담
배, 둘 가운데 하나는 이제 끊을 때가 되지 않았어요? 담배를 끊
으면 더할 나위 없이 좋겠지만, 당분간은 힘들 것 같으니 일단 술
이라도 끊어보시죠. 가끔 마시는 거야 상관하지 않겠지만."

당장 아는 의사에게 전화를 걸어 확인해봤더니, 알콜의존증 맞
단다.

"낮엔 운동을 하고 밤엔 반신욕을 해봐. 그래도 잠이 오지 않으
면 수면제를 복용해보든지. 그게 차라리 나아."

매일 공원을 산책하고 주말마다 북한산에 올라가니 운동은 됐
다 싶었고, 반신욕은 해봤지만 별 효과가 없었다. 정신만 더 또렷
해지는 것이다. 그렇다고 수면제를 먹고 잠들기는 싫었다. 아무
튼 술을 끊기로 하고 밤마다 소파에 앉아 책을 읽거나 평소엔 잘
보지 않던 텔레비전을 시청했다. 매일 새벽 5시까지. 그러다 보니

기상 시간이 정오가 되기 일쑤였다. 그래도 술을 마시지 않고 버텼다.

그렇게 며칠이 지나자 예기치 못했던 복병이 나타났다. 당연한 얘긴지 모르겠지만 새벽이 되면 배가 고파왔다. 절주로 인한 금단 증상까지 겹쳐 아귀처럼 배가 고팠다. 자정 무렵이 되면 배고플 것이 미리 걱정될 정도였다. 냉장고를 뒤져보면 대개 과일이나 남은 빵밖에 없었다. 그렇다고 자는 사람을 깨워 밥상을 차려달라고 할 수도 없었다. 물론 차려주지도 않는다.

"치킨이나 족발을 시켜 먹든지요."

"함께 먹어준다는 뜻인가?"

"아뇨, 다이어트의 최대 적은 야식. 특히 치킨과 족발. 거기다 맥주까지 곁들이면 효과 만점이죠."

늘 남 얘기하듯 그녀는 말하곤 했다. 나는 집으로 음식을 배달해 먹는 것을 그다지 좋아하지 않는다. 배달원과 트레이닝복 차림으로 대면하고 싶지 않아서다. 그렇다고 치킨을 받기 위해 옷을 갈아입고 싶지도 않다.

"나가서 먹고 올까?"

"그러시든지요. 설마 동행하자는 건 아니겠죠?"

"나만 먹으면 되잖아. 이 시각에 야식집에 혼자 앉아 있으면 구차해 보이잖아."

"그럼 일찍 주무세요."

"드라이브하는 셈치고 나가지."

"어딜 가는데 이 밤에 드라이브를 해요?"

청진동

집에서 청진동까지는 승용차로 약 삼십 분 걸린다. 청진옥 해장국집에 가보자고 그녀를 꼬드겨 나왔다. 연애 시절 가끔 들르던 집이다. 24시간 문이 열려 있으므로 아무 때나 가도 해장국을 먹을 수 있다. 지금은 새로 지은 음식타운 빌딩 일층으로 식당을 옮겨 손님을 받는다. 뭐, 어쩔 수 없다고 생각한다.

청진옥은 1937년에 문을 열었다고 하니 거의 팔십 년이나 된 집이다. 소뼈를 푹 고아 삶은 사골 국물에 우거지와 선지와 처녑을 넣고 밥을 말아 넣는다. 공기밥을 따로 시키면 '따로국밥'이 된다. 어느 것이나 해장을 겸한 술국인 셈이다. 술꾼이 아니더라도 한 끼 배를 채우기에 부담이 없다. 해장국뿐 아니라 수육과 일명 동그랑땡이라고 부르는 모둠전도 먹을 만하다.

옛날엔 청진동 골목에 민음사를 포함해 많은 출판사들이 운집해 있었다. 한국기원 건물도 이곳에 있었다. 그래서 많은 문인, 예술가, 바둑인들이 이 집에 단골로 드나들었다. 그렇게 청진동 골목은 '문단야사'에 빠짐없이 등장하곤 한다. 광화문에는 또 신문사들이 모여 있고 큰 빌딩이 많아 직장인들이 자주 드나든다. 그러나 개발이 되면서 당시의 청진동은 이미 사라진 상태고 드문드문 과거의 흔적만 남아 있을 뿐이다.

청진옥에 들를 때마다 이런 생각이 든다. 왜 이 집이 그토록 유명해진 걸까? 그저 무난한 정도인데 말이다. 사실 비슷한 해장국집들이 전국 어디를 가나 산재해 있다. 선지 해장국, 우거지 해장국집들 말이다. 그런데 이상한 것은 어느 집을 가서 먹든, 이 해장국집보다 낫다는 느낌이 좀처럼 들지 않는다. 팔십 년 전통의 노하우가 있는가 보다, 라고 생각할 수밖에 없다.

집으로 돌아오는 차 안에서 그녀는 *끄덕끄덕* 졸고 있었다. 불면증의 남자와 함께 살기 고단하겠지. 그녀가 광화문을 좋아해서 그나마 다행이다.

낙원동

낙원동 낙원상가 옆에는 '마산 아구찜' 집들이 즐비하다. 어느집이나 '원조'라는 간판을 달고 있다. 주인의 사진을 확대해 간판에 박아놓은 집들도 있다. 물론 원조임을 강조하기 위해서다. 처음 이곳에 오는 사람들은 어느 집이 진짜 원조인지 알 길이 없다. 사실 나도 모른다. 하지만 삼십 년 전에 처음 왔을 때는 아구찜집이 두 개에 불과했다. 그때부터 지금까지 나는 줄곧 한 집만 다녔다. 그러므로 내게는 그 집이 원조라고 할 수 있다.

'원조―마산 아구찜'. 마산이 고향인 할머니가 운영하는 집으로 입담이 아주 센 분이다. 일명 '욕쟁이 할머니'다. 인심이 넉넉해서 콩나물을 추가해달라면 언제든 갖다준다. 여럿이 술을 마시다 남은 양념에 밥을 비벼 먹을 때가 되면 늘 콩나물이 부족한 것이다. 굳이 청하지 않아도 알아서 갖다줄 때도 있다.

이층에도 자리가 있다. 그런데 일층과는 들어가는 입구가 다르다. 이층은 바깥 출입문 옆에 있는 좁은 계단을 통해 올라가야 한다. 약간 기이한 구조라고 할 수 있다. 대개는 일층 내부에서 이층으로 올라가게 돼 있지 않은가? 게다가 주방은 일층에만 있다.

구조가 이렇다 보니 주방에서 만든 아구찜이 이층으로 배달되는 과정도 기묘하다. 이층에서 주문을 하면 십 분쯤 뒤에 '땡!' 하는 종소리가 울린다. 이어 일하는 아주머니가 벽장문을 열고 우물에서 두레박을 올리듯 줄을 끌어당긴다. 줄 끝에는 상자가 달려 있다. 아구찜이 그 안에 들어 있는 것이다.

이 독특한 배달 방식을 보고 그녀는 꽤나 즐거워했다. 유럽에 나가 보니 주로 피자집에서 이런 방식을 택하고 있었다. 피자를 굽는 화덕이 일층에만 있는 것이다. 공통점이 있다면 모두 역사건물가 오래된 식당이라는 거였다.

아구는 원래 먹지 않던 생선이었다. 생긴 게 워낙 우락부락하다 보니 식용으로는 부적합하다는 판정을 받았던 것이다. 누가 내린 판정인지 모르지만 그 잘못된 관념의 역사는 매우 길었다. 최근이라고 말할 수 있는 1950년까지 아구를 먹는 사람은 어부를 포함해 아무도 없었다. 고작해야 기름을 짜서 공업용으로 썼다고 한다.

1950년 한국전쟁 발발과 함께 마산에 피난민이 모여 살면서 마침내 아구를 바라보는 시각이 달라졌다. 아마 배고프고 먹을 것이 없던 시절이어서 그랬을 것이다. 어떤 할머니가 부두에 버려진 아구를 가져와 콩나물, 미나리, 된장, 파 고추장 등을 넣고 맵게 찜을 만들어봤더니 그 맛이 아주 독특했다. 차지게 씹히는 맛에 살에 박힌 가시를 하나씩 빼내며 먹는 재미가 여간 쏠쏠하지 않았다. 남은 양념에 밥을 비벼 먹었더니 그 또한 매콤하며 감칠맛이 났다. 맛있는 음식은 아무리 숨겨도 결국 입소문으로 번지게 마련이다.

누군가 거기다 미더덕을 추가해 넣었다. 아구를 다 발라 먹고 나서 아쉬운 마음에 콩나물을 뒤적거려 미더덕을 꺼내 씹으면 안에서 툭 터져 나오는 뜨겁고도 시원한 체액 맛이 그만이었다. 미더덕이 부족할 때는 만득이를 넣었다. 만득이 맛은 미더덕 맛에 미치지 못한다. 그래서 미더덕 대신 값싼 만득이를 집어넣은 아구찜집은 사람의 발길이 점점 뜸해지게 마련이었다.

장충동

단지 족발이라는 것을 먹기 위해, 이 밤에 장충동까지 가고 싶지는 않다고 그녀가 말했다. 그래서 나는 타협안을 내놓았다.

"올해는 남쪽으로 꽃구경도 못 갔는데, 남산이라도 한번 둘러봐야 하지 않을까? 벚꽃은 밤에 봐야 제격이잖아."

올해는 봄 날씨가 워낙 오락가락하다 보니 결국 움직일 때를

놓쳤다. 며칠 간격으로 황사 테러까지 겹쳐 외출도 제대로 할 수 없었다. 베란다에서 바깥 날씨를 살피고 와서 그녀는 주섬주섬 옷을 갈아입었다.

남산의 밤 벚꽃은 휘황하였다. 왜 해마다 꽃구경을 한답시고 남도를 헤매고 다녔던가. 문득 그런 생각이 들었다.

"중국 송나라 때 얘기야. 어떤 비구니가 봄을 기다리다 못해 꽃을 찾아 밖으로 나갔다랜다. 한데 아무리 산과 들을 헤매고 다녀도 꽃이 보이지 않는 거야. 하는 수 없이 그녀는 집으로 돌아왔지. 대문을 열고 들어와 제집 마당을 지나는데 어디선가 매화 향기가 나더랜다. 홀연히 눈을 들어보니, 머리 위에 매화가 활짝 피어 있더래. 그녀는 그것을 깨달음의 시로 남겼지."

"자기 마음 안에서 찾아야 된다, 뭐 또 그런 소리겠죠."

"무엇이든 가까운 곳에 있다는 뜻이겠지."

남산 서울타워 옆에 있는 팔각정에 올라 서울 시내를 내려다보며 그녀와 나는 한동안 입을 다물고 있었다. 남산 기슭 굽이굽이 벚꽃길이 시냇물처럼 하얗게 흘러내리고 있었다. 길을 따라 내려와 신라호텔 앞을 지나고 국립극장 옆을 지나 장충동 족발집에서 오랜만에 소주라는 걸 마셨다.

"왜 장충동 족발은 발목이 이렇게 굵은 걸까? 요크셔나 바크셔가 분명해. 보라구, 좀 지나치게 굵은 것 같지 않아? 국산 토종 돼지는 발목이 이렇게 굵을 리가 없어. 그래도 장충동 거라 맛은 있군……."

족발을 새우젓에 찍어 먹으며 나는 이렇게 허튼소리를 늘어놓고 있었다.

그녀가 위태롭게 운전하는 차를 타고 집으로 돌아오는 동안 나는 설핏 잠이 들었다. 집이 가까워졌을 때 옆에서 그녀가 혼잣말로 중얼거리는 소리가 잠결에 들려왔다.

"역시 이 사람은 술을 마셔야 잠이 드는 모양이야. 쯧쯧."

함께의
맛

하늘엔 반달이 떠 있고

산자락에 흰 꽃들이 무리지어 피어 있었다.

가까이 가보니 배꽃이었다.

어느 결엔가, 친구는 배밭 한가운데로 들어가

누군가에게 길게 전화를 하고 있었다.

황복 먹고 배꽃을 보다

내가 복어라는 물고기를 처음 먹어본 것은 고등학교 때였다. 어머니가 늑막염 수술을 받고 입원해 있던 병원 앞 식당에서였다. 누나가 저녁을 사주겠다기에 따라간 곳이 바로 복집이었다. 굳이 복을 먹겠다고 생각한 건 아니었다. 병원 앞에 있어서 그저 무심코 들어갔을 뿐이었다. 누나도 그때껏 복을 먹어본 적이 없었다.

"복어엔 독이 들어 있다는데 먹어도 괜찮을까?"

막상 자리에 앉자 누나가 겁먹은 표정으로 말했다.

"조리사가 다 알아서 하겠지."

"그럼, 네가 알아서 시켜."

메뉴판을 펼쳐보니 매운탕, 지리, 회, 샤브샤브 그리고 '복불고기'라는 게 있었다. 누나를 생각해 나는 복불고기 이 인분을 주문했다. 그게 아무래도 무난할 것 같았다.

잠시 후 복살이 담긴 쟁반이 왔다. 고추장 양념을 발라 숯불에 구워 먹는 방식이었다. 삼십여 년이 지난 지금까지도 나는 그 복불고기 맛을 생생히 기억하고 있다. 우선 매콤하고 쫄깃하다 싶었는데, 곧 혀에 감기는 듯한 야릇한 느낌이 찾아왔다. 이렇게 표현해도 되는지 모르겠으나, 첫키스의 느낌과 흡사했다. 누나와

231

나는 한동안 복불고기를 먹는 일에만 열중했다.

중간에 젓가락을 내려놓으며 불쾌하게 달아오른 얼굴로 누나가 말했다.

"맛있다, 그치?"

"그러게. 정말 이상하게 맛있네."

"근데 우리 이래도 되는 거니?"

"뭘?"

"엄마가 병원에 누워 계신데, 우리만 맛있는 거 먹고 있으니까 좀 그렇다."

나도 그런 생각을 하고 있던 참이었다.

"그래도 시켜놓은 건 다 먹어야지, 아깝잖아."

"주인한테 말해서 좀 싸달라고 할까?"

"하지만 병원에서는 구워 먹을 수가 없잖아. 익혀서 가져가면 다 식을 테고. 환자한테는 매운 음식이 별로 좋지 않아."

"그럼, 그냥 먹고 가자. 대신 엄마한테는 된장찌개 먹고 왔다고 하자. 알았지?"

나는 고개를 끄덕이고 나서 남은 복불고기를 먹어치웠다. 그게 처음이자 마지막으로 먹어본 복불고기였다. 그 후 어느 복집을 가더라도 그런 메뉴는 찾아볼 수 없었다. 그렇다고 대전에서만 복불고기를 파는 것은 아닐 텐데.

복어회는 속초에서 처음 먹어보았다. 동명항에 들렀다 나오는 길에 수족관에서 본 까치복을 잡아달라고 해서 친구와 둘이 문간방에 들어가 기다렸다. 삼십 분쯤 지나서 주인이 복어회가 담긴 접시를 들고 왔다. 흰 꽃잎처럼 보이는 회가 몇 겹으로 둥그렇게 놓여 있었다. 양이 생각보다 아주 적었다.

"복이 꽤 크던데, 회가 이거밖에 안 나와요?"

"복회가 원래 그래요. 독 있는 부분은 다 제거하니까요."

"시간도 꽤 걸리네요."

"살에 독이 남아 있을지 몰라 십 분쯤 찬물에 담갔다 꺼내거든요. 회도 되도록 얇게 떠야 하구요."

아닌 게 아니라 복어회는 접시 바닥의 꽃무늬가 비칠 정도로 투명했다. 그토록 얇은데도 씹히는 맛이 매우 쫄깃했다. 감미롭게 혀에 감기는 맛이 아주 그만이었다. 아직도 독이 배어 있을지 모른다는 생각에 더욱 감미롭게 느껴졌는지도 모르겠다.

『자산어보』에서도 복어의 독을 유난히 강조하고 있다.

바다의 복어가 가장 독이 많고 강물의 복어는 독이 약하다고 했다. 관종석이 말하기를, 그 맛은 진미眞味이나 요리를 할 때에 잘못 조리해 먹으면 사람이 죽는다. 이는 복어의 간과 알에도 강한 독이 있기 때문이라고 했다. 진장기도 입에 넣으면 혀가 굳어지고 배 안에 들어가면 장기가 굳어지는데 그에 대한 약이 없으니, 부디 삼가서 먹어야 한다고 했다.

실제로 복어는 간과 알뿐 아니라 피, 난소, 내장에도 고루 독이 들어 있다. 종류에 따라서는 이리정소와 껍질에도 독이 있다고 한다. 우리나라에 서식하는 복의 종류는 약 16종으로 알려져 있다. 이들 중 가시복, 은복, 밀복은 독이 없다. 우리가 흔히 복집에서 먹는 복어들이다. 하지만 독이 없는 탓인지 맛이 떨어지는 편이다.

맹독을 품은 참복이나 황복이 역시 맛도 좋고 값도 비싸다. 복어의 독은 테트로도톡신이라는 물질로 청산가리의 약 1,500배에 달하는 독성을 가지고 있다고 한다. 무색, 무미, 무취이며 끓여도 독성이 파괴되지 않는다.

과거에 복어 미식가로 알려진 일본의 장관급 관료가 복어회를 먹고 사망한 기사가 신문에 실린 적이 있다. 제주도를 포함한 섬 지역에서도 물론 이런 일이 종종 발생하곤 한다. 그야말로 '일사 一死를 불응한 결과'라고밖에는 달리 표현할 수 없을 것이다. 이는 복어 마니아로 유명했던 중국의 소동파가 한 말이다. 학자들에 따르면, 복어는 원래 독을 가진 게 아니라 독이 들어 있는 먹이를 취해 후천적으로 독성을 품는다고 한다. 알수록 묘한 물고기다.

가파도에서 낚시를 하다 이상하게 생긴 복어를 잡은 적이 있다. 어른 신발만 한 크기였다. 노란 바탕에 갈색의 육각 무늬가 온몸을 그물처럼 덮고 있었다. 손으로 만져보니 다른 복들과 달리 몸통이 돌처럼 딱딱했다. 집으로 돌아와 『자산어보』와 『현산어보를 찾아서』를 뒤져보았으나 그런 복은 찾아볼 수 없었다.

다음 날 바닷속 생물을 촬영하는 사람을 찾아가 물었더니 이내 대답해주었다.

"거북복이군요. 난류성 어종이고 성질이 나면 온몸을 딱딱하게 만들어 자신을 보호하죠. 근데 그거 어떻게 했어요?"

"바다로 돌려보냈죠."

"잘했습니다. 아주 귀한 물고기거든요."

정신과 의사기도 한 그는 내가 낚시로 물고기를 잡는 걸 늘 못마땅하게 여겼다. 그날도 그는 내게 낚시를 그만두라고 충고했다.

"낚시꾼들 사이에서 '2525 릴리즈 캠페인'이 벌어지고 있는 거 아시죠?"

"모릅니다. 근데 그게 뭐죠?"

"감성돔 25센티미터 이하, 벵에돔 25센티미터 이하는 잡더라도 즉시 놓아주자는 운동이죠. 저도 거기에 동참하고 있습니다. 그래도 이해하지 못하겠습니까?"

"조금 낫군요. 하지만 아예 잡지 않는 편이 더 낫지 않을까요?"

"세상은 둥근 법입니다."

"?"

"누구나 자기 입장에서 세상을 바라본다는 뜻이죠."

복어도 조기처럼 복사꽃이 필 때 산란을 위해 강물을 거슬러 올라온다.

대체로 육지에서 가까운 바다에 서식하는 복어는 곡우4월 20일, 21일가 지난 후, 냇물을 따라 수백 리를 거슬러 올라와 알을 낳는다. 먼바다에 서식하는 놈은 물가에서 알을 낳는데, 가끔은 부레가 부풀어 수면 위로 떠오르는 일이 있다.

모든 복어가 바다에서 강으로 회유하는 것은 아니다. 대표적인 회유성 복어는 황복이다. 옛날엔 나주 영산강과 금강 하구인 강경, 논산에서 황복이 많이 잡혔다고 한다. 하지만 근래엔 드물게 잡힌다.

경기도 북부 지역인 일산 신도시에서 북쪽으로 40킬로미터쯤 가면 임진강이 나온다. 이곳도 황복의 회유 지점으로 유명하다. 언젠가 신문사에 근무하던 친구와 황복을 먹으러 이곳에 간 적이 있다. 4월 말쯤이었을 것이다. 저녁 무렵 차를 몰고 임진강에 다다랐는데, 도로 옆에 '황복'이라고 써놓은 허름한 입간판이 보였다.

마당에 차를 세워두고 들어가봤더니 어부가 사는 집이었다. 말하자면 간판만 식당이었다. 우리에게 안방을 내주고 벽에 세워둔 상을 가져와 다리를 폈다. 식구라곤 늙은 어부와 이십대 중반쯤 되는 딸 하나뿐이었다. 딸내미가 상 위에 휴대용 가스버너를 올려놓고 김치와 고추냉이를 푼 간장과 초고추장을 종지에 담아왔다.

"얼마짜리로 하실래요?"

친구가 되물었다.

"값을 묻는 겁니까?"

"1킬로그램, 1.5킬로그램짜리가 있거든요."

내가 친구에게 말했다.

"1.5킬로그램은 좀 많지 않을까?"

"복어 1킬로그램짜리 잡아봐야 회가 몇 점이나 나오겠어? 그냥 1.5로 해. 나 황복은 처음이거든."

얘기를 나누다 보니 오래전에 바로 이 친구와 함께 속초에서 까치복을 먹었던 기억이 떠올랐다. 그런 사실을 오랫동안 잊고 있었던 것이다.

"값이 꽤 나갈 텐데."

"여기까지 와서 왜 이래. 반씩 내면 되잖아. 아가씨, 얼마죠?"

"킬로당 십오만 원이요."

친구는 문득 입을 다물었다. 속으로 계산을 하는 중일까? 내가 나서서 수습했다.

"1.5킬로그램짜리로 회 떠주세요. 나중에 탕은 맑게 끓여주시고요."

그녀가 문 밖을 향해 소리쳤다.

"킬로 반으로 회 떠달래요!"

소동파가 봄마다 업무를 소홀히 하며 즐겨 먹었다는 것이 바로 황복이다. 노란 빛깔에 통통한 몸체가 다른 복어와는 전혀 다른 느낌을 준다. 커다란 올챙이처럼 생겼다고 말하는 사람들도 있다. 소리를 내서 그런지 바다에 사는 짐승처럼 보일 때도 있다. 황복의 눈동자를 보고 있으면 금방이라도 무슨 말을 내뱉을 것만 같다. 놀라운 사실은 다른 물고기와 달리 복어는 물속에서도 눈을 감았다 뜬다고 한다.

회에서는 약간 비릿한 흙냄새가 났다. 복어회와 함께 마신 매실주 몇 잔에 은근히 취기가 올라왔다. 친구는 탕을 먹으며 땀을 뻘뻘 흘렸다.

"봄날 집안 대청소라도 한 것처럼 속이 정말 개운해지는군."

"그래, 많이 먹거라. 하지만 좀 쉬어가면서 먹어. 황복 먹고 체할라."

친구가 수건으로 땀을 닦으며 퀭한 눈으로 나를 쏘아보았다.

"왜, 쉬지 않고 먹으면 안 되는 거냐?"

"평소의 너답지 않아서 그래."

"잘 봤다. 바로 엊그제 일인데, 그녀가 다른 남자 품으로 이사 갔거든. 하필이면 사방에서 꽃이 피는 이 봄날에 말이야."

"해경 씨?"

"황복 먹다 방금 이름도 까먹었네."

"그렇다면 황복이 웬만큼 효과가 있는 거네."

"독을 들이켜는 거지. 독은 독으로 다스려야 한다잖아. 이를 두고 동종요법이라고 한다지?"

"그럼 사랑으로 생긴 상처는 미구에 사랑으로 치유하면 되겠네."

담배를 피우려고 밖으로 나갔다 마당에서 어부와 마주쳐 몇 마디 얘기를 나눴다.

"올해 황복 많이 나와요?"

"웬걸. 아침 식전부터 나가봐야 고작 두세 마리야. 빈손으로 돌아오는 날도 허다하고. 황복도 해거리를 하나 봐. 작년엔 웬만큼 잡혔거든."

"작년엔가 치어를 방류했다면서요."

"그건 남쪽 바다에서 겨울에 키워가지고 올라와 봄에 방류한 거야. 여기선 겨울에 부화가 안 되거든."

"그것들이 내년 봄에 이쪽으로 다시 올라올까요?"

"모르지. 물이 탁해 돌아오는 길이나 제대로 찾겠어?"

술기운을 없애려고 친구와 함께 마을 뒷산으로 올라갔다. 하늘엔 반달이 떠 있고 산자락에 흰 꽃들이 무리지어 피어 있었다. 가까이 가보니 배꽃이었다. 복사꽃 필 때 황복이 올라온다고 했는

데 임진강에서는 그게 배꽃인 모양이었다. 어느 결엔가, 친구는
배밭 한가운데로 들어가 누군가에게 길게 전화를 하고 있었다.

그의 칼 솜씨

  평소에 자주 만나는 사진작가가 있다. 집도 서로 가깝다. 인천 덕적도 사람으로 중앙대 사진학과를 나와 잡지사 기자로 오래 근무하다 지금은 프리랜서로 활동하고 있다. 부모님은 황해도 출신이다. 두 분은 한국전쟁 때 월남한 뒤 고향과 가까운 덕적도에서 평생을 어부로 살았다. 말하자면 실향민인 것이다.

  어부의 아들인 그는 어려서부터 배를 타고 바다에 나가 아버지를 도왔다. 그래서 누구보다도 바다에 대해 잘 알고 있다. 또한 서해에서 잡히는 물고기에 대해서도. 나는 그를 '조선 남자'라고 부른다. 옛사람처럼 마음에 때가 묻어 있지 않아서다.

  그와 처음 만난 게 언제인지는 정확히 기억나지 않는다. 주위에 가끔 그런 사람들이 있다. 도대체 언제 만났는지 기억이 나지 않는 것이다. 내가 일산 신도시로 옮겨간 뒤에 만났으니 1997년경이 아닌가 싶다. 첫인상 역시 기억이 나지 않고, 두 번인가 만났을 때는 이런 느낌을 받았다.

  '저 사람은 그동안 어디서 살아온 거지? 요즘 보기 드문 무공해 인간이로군.'

  뜻밖에도 그는 해병대 출신이었다. 뭐, 좋다. 남자가 남자다운 건 바람직한 거니까. 단, 아무 때나 예비군복을 입고 다니지는 말았으면 좋겠다. 다행히 군복은 사무실 서랍 안에 있다고 했다. 꺼내 입지만 않으면 되는 것이다. 만날수록 담백하고 속내가 깊은 사람이라는 걸 알 수 있었다. 그가 찍은 사진을 봐도 그렇다. 인간으로서 배울 점이 있다고 생각했다. 자주 만나도 부담이 없었다. 스트레스가 없는 인간관계는 사실 흔하지 않으니까.

섬 출신이므로 그는 생선 요리에 관한 한 수준급이다. 회 뜨는 솜씨도 좋다. 나는 회 뜨는 법을 여러 사람에게 배웠는데, 이 사람도 그중 하나다. 살아오면서 나는 자칭 미식가란 사람을 여러 명 만나봤다. 그러나 그 가운데 직접 요리를 할 줄 아는 사람은 드물었다. 누군가 해주는 음식을 먹고 고작 품평이나 하는 것이다. 이 사람은 자신이 직접 요리를 한다. 그것도 혼자 즐기는 게 아니라 주위 사람들을 불러놓고 함께 먹고 얘기하는 것을 좋아한다. 금요일마다 어디선가 신선한 생선을 구해와 요리를 해놓고 가까운 사람들에게 일일이 전화를 건다.

같은 선생이라도 회를 뜨는 방법에 따라 회 맛(식감)이 달라진다. 사실 당연한 얘기다. 또한 회를 뜨는 방법도 생선마다 다르다. 웬만큼 숙달되는 데도 이삼 년은 걸리는 듯싶다. 거기다 개성까지 보태지려면 아마 십 년은 걸리지 않을까?

칼 솜씨를 보면 그 사람의 성품까지도 짐작할 수 있다. 그의 칼 맛은 진득하고 우직하다. 화려하지 않으나 꾸밈이 없고 담백하다. 나는 그의 칼 솜씨를 '조선 칼 맛'이라고 일찌감치 정의했다. 부드럽고 담담하면서도 거침이 없다. 처음에 받았던 인상 그대로이다. 사람이란 참으로 이상하다. 무얼 하든 거기에 그 사람만의 성품이 고스란히 드러나는 것이다. 어떤 점은 배우고 싶기도 하지만 좀처럼 그렇게 되지 않는다.

간재미

나는 간재미를 홍어의 사촌쯤으로 알고 있었다. 흑산도에서 잡히는 홍어만 진짜 홍어로 알고 있었다. 하지만 간재미도 엄연히 홍어에 속한다. 단지 흑산도 홍어는 참홍어라 하고, 나머지는 보통 간재미로 부르는 것이다. 자세히 보면 생김새에 약간의 차이가 있다.

흑산도 참홍어는 주둥이가 길고 머리끝이 뾰족하다. 몸통은 붉은빛을 띤다. 간재미는 주둥이가 짧고 머리가 둥근 편이다. 몸통은 누런빛과 붉은빛이 뒤섞여 있다.

참홍어와 간재미를 구분 짓는 결정적인 단서는 간재미의 가슴

지느러미 양쪽엔 검은색 반점이 있다는 것이다. 참홍어는 그게 없다. 또한 간재미는 참홍어에 비해 크기가 작다. 그래서 '홍어 새끼'로 불리기도 한다.

간재미는 그가 가장 즐겨 먹는 생선 중 하나다. 참홍어에 비해 값이 싸다는 것도 장점이다. 같은 크기라도 값이 무려 10배 정도 차이가 난다. 그러나 맛을 비교해보면 그토록 차이가 나는 것은 아니다. 나는 목포와 여수에서 참홍어를 회와 찜으로 먹어본 적이 있다. 간재미에 비해 맛이 훨씬 차지고 강렬했다. 하지만 간재미도 나름의 고유한 맛이 있다. 어차피 횟집에서 내놓는 홍어의 90퍼센트 이상이 간재미다. 칠레에서 수입한 냉동 홍어보다는 간재미가 한결 맛있다고 보면 된다.

간재미회는 양쪽 날개를 썰어내고 주둥이 끝에 칼집을 내 손끝으로 잡아당겨 껍질을 벗겨낸다. 보통 악력으로는 껍질을 벗기기가 힘들다. 내장을 제거할 때 간은 따로 떼어내 종지에 담아둔다. 몸통은 이등분 혹은 삼등분을 해서 어슷썰기를 해야 회가 먹음직스럽게 나온다. 두툼한 살과 무른 뼈가 함께 씹히는 맛이 간재미회의 참맛이다. 종지에 담아두었던 간은 소금에 찍어 날로 먹는데, 고소하기가 이를 데 없다. 간재미 회에서 간이 가장 맛있다는 사실을 나는 이 사람을 통해 알았다.

간재미는 찜으로 해 먹어도 맛이 좋다. 껍질을 벗길 필요 없이 통째로 술에 넣고 쪄서 간장 양념에 찍어 먹으면 술안주로 제격이다. 물론 밥반찬으로도 좋다. 너무 오래 찌면 살이 물러지므로 적당한 순간에 불을 내려야 쫀득한 맛을 유지할 수 있다. 간재미는 기름기가 거의 없는 생선이므로 탕을 끓여도 아주 담백하고 깔끔하다. 뼈에서 우러난 맛이 무척 시원하다.

삭히면 참홍어와 마찬가지로 암모니아 냄새가 난다. 항아리 속에 넣고 여름은 닷새, 겨울은 열흘 정도 놔두면 저절로 삭는다. 이때 볏짚을 함께 넣어주면 발효가 촉진된다. 술꾼들은 보통 홍어회를 묵은 김치, 돼지 수육, 막걸리와 함께 먹는데 이것이 바로 '홍어 삼합'이다. 흑산도 참홍어는 구하기가 어렵고 값도 비싸므로 이렇게 간재미로 대신하는 것도 괜찮지 싶다.

과메기

계절에 따라 그가 차려주는 음식도 달라진다. 가을엔 전어회를 썰어주고 겨울은 과메기를 장만해서 사람들을 부른다.

'과메기'란 이름의 유래에 대해서는 두 가지 설이 있다. 하나는

'눈을 꿰어 널었다'는 뜻의 관목어貫目魚가 음운상의 변화로 과메기가 되었고, 다른 하나는 '꼬아 묶어' 말렸다고 해서 또한 과메기가 되었다고 한다. 어느 쪽이 맞는 걸까?

과메기하면 누구나 포항 구룡포를 떠올린다. 실제로 국내에서 소비하는 과메기의 80퍼센트가 구룡포에서 생산된다. 조선조 때는 '청어 말린 것'을 과메기라 불렀다. 찬물을 좋아하는 청어가 동해에서 많이 잡혔던 것이다. 그런데 점차 청어가 감소하고 꽁치 생산량이 늘면서 슬그머니 꽁치가 과메기로 변했다. 청어나 꽁치나 등 푸른 생선인 데다 기름기가 많고 모양새와 크기도 서로 비슷하다.

구룡포 과메기가 유명하게 된 것은 역시 지리적 조건 때문이다. 겨울의 밤낮 온도가 영하 4도에서 영상 10도 사이를 오르락내리락하고 영일만 바다에서 호미곶으로 불어오는 습도 50퍼센트의 바람이 꽁치가 꾸덕꾸덕 마르는 데 더없이 좋은 조건을 제공해주기 때문이다.

과메기는 두 종류로 나뉜다. 배를 갈라 내장을 빼고 말린 것을 '배기지', 통째로 말린 것은 '통마리'라고 한다. 통마리는 포항 사람들이 즐겨 먹는 과메기다. 차디찬 바닷바람 속에서 수분이 빠져나간 과메기는 고소함과 쫀득한 맛이 어우러져 겨울철 별미로 인정받고 있다. 옛날엔 부엌 봉창에 걸어놓고 말렸는데, 아궁이에서 나오는 연기가 과메기를 훈제시키는 효과를 냈다. 연기가 기름기를 제거하는 역할을 했던 것이다.

이 사진가는 과메기를 일일이 껍질을 벗겨(배지기를 원료로 한다) 어슷하게 썬 다음 커다란 도시락에 차곡차곡 담아 보자기에 싸들고 온다. 돌미역 위에 과메기, 고추, 마늘, 실파를 올려놓고 초고추장을 양념으로 싸서 먹는다. 고소하고 꾸덕하게 씹히는 꽁치 살 속에 매운 풋고추와 마늘과 실파 맛이 함께 어우러져 상큼한 맛을 낸다. 몇 점 먹고 나면 속이 든든할뿐더러 소주를 곁들여도 쉽사리 취하지 않는다.

과메기가 겨울철에 제격인 것은 과메기의 기름기가 몸속에 들어가 추위를 막아주기 때문일 것이다. 사이사이 그의 어머니가 담근 황해도 김장김치를 먹어주면 속이 비리지 않고 소화가 잘돼 개운하다.

병어

옛날엔 병어가 흔하고 값도 쌌는데, 언제부터인지 비싼 생선이

돼버렸다. 일명 '사각형의 물고기'로 불리는 병어는 정약전의 말대로 맛이 달고 뼈가 연하여 회나 구이, 국에 모두 좋다. 나는 병어조림을 무척 좋아해서 '조기 아니면 병어'라는 식으로 자주 밥반찬으로 먹었다. 회로 먹어본 것은 이 사진가 덕분이다. 그전에는 횟집에 가도 입에 대지 않았다. 아무래도 신선한 느낌이 들지 않았던 것이다.

도대체 어디서 구해오는지, 그는 물 좋은 큼지막한 병어를 들고 와 즉석에서 회를 떠준다. 단단한 살 맛에 회청색의 몸 색깔처럼 청량한 느낌을 준다. 기름기가 없고 담백해서 양껏 먹어도 느끼하지 않다. 옆으로 길게길게 썰어놓아 마치 국수를 먹는 기분이 들 때가 있다. 고추냉이 간장보다는 초고추장에 찍어 먹어야 제맛을 느낄 수 있다. 최근에도 그와 강화도에 가서 직접 병어회를 썰어 먹고 바다 곁에서 하룻밤 놀다 왔다.

간재미회, 과메기, 병어회뿐 아니라 그는 철마다 준치, 숭어, 직접 담근 참게장 등으로 주위 사람들의 허전한 속을 채워준다.

마
시
는

맛

"기쁠 때나 슬플 때나……

평생을 늘 술과 함께할 겁니까?"

네, 라고 나는 망설이지 않고 대답한다.

그 뜨거움과 차가움에 대하여   소주와 맥주

한국인 한 사람이 일 년에 평균 소비하는 소주는 62.5병, 맥주는 148.7병이라고 한다. 막걸리는 29.4병이다. 2015년을 기준으로 통계청에서 조사한 자료다. 물론 성인 남녀를 기준으로 삼았을 것이다. 여기에 청주, 위스키, 포도주 등 기타 주종을 합하면 술 소비량은 그만큼 더 늘어난다.

한때 한국인의 일인당 술 소비량은 세계 1, 2위를 다퉜다. 사십 대 남자의 사망률도 이와 비슷했다. 다른 원인도 있겠지만 과도한 음주의 영향을 무시할 수 없으리라. 그동안 순위 변동이 생겼는지는 모르겠지만, 우리나라 사람들은 여전히 술을 많이 마시는 편이다. 나 역시 한때는 하루에 한 병꼴로 맥주를 마셨다. 그렇게 습관적으로 마셔야만 했던 특별한 이유가 있었느냐고 물을 수 있다. 우선 맥주를 좋아했기 때문이다. 가끔 사람들과 만나 마시는 술까지 합하면 당시 나의 연간 맥주 소비량은 약 400병이 넘었을 것이다. 뭐 자랑 삼아 하는 얘기는 아니다. 어차피 지난 얘기에 불과하니까.

그즈음 경복궁에서 모 잡지사 여기자와 인터뷰를 하는 중에 술 얘기가 나왔다.

"술 좋아하세요?"

"좋아하죠."

"주량이 얼마나 되는데요?"

"하루에 맥주 한 병씩 마십니다. 사람들을 만나면 좀 더 많이 마시구요."

얼른 이해가 안 되는지 기자가 다시 물었다.

"그럼 많이 마신다고 봐야 하나요?"

"적다고 할 수는 없겠죠?"

"그럼 지금까지 마신 양이 얼마나 될까요?"

갑자기 대꾸할 말이 없어 나는 재치를 발휘했다.

"아마 경회루 앞의 연못만큼은 되지 않을까요?"

기자는 좀 놀란 표정이었다. 누군가 경회루 연못에 고여 있는 물만큼 술을 마신 것이다.

술은 인류 역사상 가장 오래된 음료다. 알다시피 순전히 우연한 발견에 의해서 탄생했다. 대표적인 것이 포도주다. 땅에 떨어진 포도당분가 공기 중의 미생물효모가 자연적으로 결합해 분해작용을 일으키면서 화학적 변화가 생겼다. 그 결과 '알코올'이라는 독특한 물질이 만들어졌다. 누군가 시험 삼아 그걸 마셔보았더니, 왠지 기호에 맞더라는 얘기다. 그로부터 사람들은 발효 현상을 파악해 본격적으로 술을 담그기 시작했다.

　　술은 알코올 도수 1도 이상의 음료를 말한다. 술의 어원은 '수블'이다. '물에서 불이 붙는다'에서 비롯되었다. 이는 누룩과 효모의 작용으로 술이 익어가면서 부글부글 끓어오르는 현상을 두고 한 말이다. 조선시대까지 술은 '수울' 혹은 '수을'로 불렸다. 그러다 오늘날의 '술'로 변한 것이다. 한편 주酒는 수水와 유酉의 합성어로, 유酉에는 '익다'라는 뜻이 포함돼 있다. 그러므로 '주酒'는 '익은 물', 곧 발효 음료인 술이다.

윤숙자, 『한국의 저장 발효음식』

　　한국인이 가장 즐겨 마시는 술은 소주와 맥주다. 옛날엔 농주인 막걸리를 주로 마셨으나 60년대 산업화 과정에서 주종이 바뀌었다. 60년대생인 나 역시 막걸리보다는 소주와 맥주를 많이 마시며 살아왔다. 80년대 대학에 다닐 때는 소주를 많이 마셨고(맥주를 마시는 분위기가 아니었다), 90년대 이후에는 맥주를 주로 마셨다.

　　소주는 몽골에서 유래됐다. 원나라의 고려 지배기에 원은 개성과 안동에 병참기지를 설치했는데, 그 과정에서 우리나라로 주조

법이 유입되었다고 한다. 소주는 몽골어로 '아라길주', 만주어로는 '알키', 아랍어로는 '아라키', 우리나라 개성에서는 '아락주'로 불렸다. 지금도 안동에 가면 '아락' 혹은 '아라끼'라는 말의 흔적이 남아 있다.

원나라가 고려를 지배했던 팔십 년은 긴 세월이다. 사람으로 치면 일생에 해당한다. 사회 문화적 영향을 받지 않을 수 없는 것이다. 소주 외에도 칼국수카릴텍스, 샤브샤브, 순대, 육포 또한 몽골에서 들어온 음식이다. 모두 이동하면서 먹기 쉬운 음식들이다. 육포, 순대, 샤브샤브가 없었다면 원의 세계 정벌은 불가능했을 거라고 역사가들은 말한다. 그들의 역사는 말할 것도 없이 유목과 정벌의 역사였다.

안동 소주는 일반 소주와는 성격이 다르다. 일단 발효시킨 뒤 다시 증류과정을 거쳐 얻어낸 알코올 함량 40도의 이른바 '증류식 소주'다. 쉽게 고급 소주라고 보면 된다. 거기다 안동 특유의 선비 문화가 그 맛에 배어 있어 맑고 독하며 은은하다.

현재 우리가 일반적으로 마시는 소주는 1965년 정부의 식량정책에 의해 만들어진 희석식 소주다. 박정희 정권 아래 경제개발 시대의 산물이라고 할 수 있다. 먼저 95퍼센트의 알코올을 생산한 다음 여기에 물을 섞어 25~30퍼센트 정도의 농도로 희석해 만든 보급품이었다. 최근엔 순한 소주 열풍이 불어 13~20도까지 알코올 도수를 낮춘 제품이 다투어 출시되고 있다. 그 양상은 가히 '소주 전쟁'을 방불케 한다.

소주는 경제개발 시대를 거치면서 도시 서민의 애환을 달래주는 역할을 했다. 요즘은 누구나 선택적으로 소주 아니면 맥주라는 식으로 생각하지만, 우리나라 소주의 역사엔 60년대에서 80년대에 이르는 시대의 고통이 스며 있다. 그래서 우리는 아직도 '괴롭다'고 말할 때면 흔히 소주를 찾는다. '소주'란 말에 한국인의 집단무의식이 개입돼 있는 것이다. 아닌 게 아니라 소주의 '소'는 바로 불탈 소燒 자다.

맥주는 90년대 초반을 분기점으로 소주 소비를 앞지르기 시작했다. 그동안 소주로 뜨거워졌던 속을 맥주로 시원하게 풀기 시작했다고 할까. 맥주란 말에는 젊음과 자유로움이 내포돼 있다. 청바지, 통기타, 연애, 팝송, 개인, 낭만, 도시, 여행이란 단어에도 소주보다는 맥주가 잘 어울린다. 맥주엔 고통과 억압의 느낌이 없다. 알코올 도수도 불과 4~6퍼센트 정도밖에 되지 않는다. 그러니 여성들도 부담 없이 마실 수 있다. 종류도 각양각색이다. 저마다 기호에 따라 얼마든지 선별해 마실 수 있다. 소주보다야 비싸지만 막상 마실 때는 그렇게 부담이 되는 것도 아니다. 소주에 비해 대체로 안주 값이 저렴하기 때문이다. 병맥주가 부담이 되면 생맥주를 마시면 된다.

맥주는 호프와 물과 효모를 적당히 섞어 저장, 발효시킨 술이다. 여름에는 섭씨 4~8도, 겨울에는 8~12도 정도로 마시는 게 좋다고 한다. 맥주가 미지근하면 거품이 많고 쓴맛이 강하다. 반대로 너무 차가우면 거품이 일지 않고 향도 사라진다. 거품은 향이 새어나가는 것을 막고, 공기와 접촉해 산화하는 것도 막아준다.

우리가 마시는 맥주는 대개 독일식 저온 발효 맥주이다. 순하고 산뜻한 게 특징이다. 이 독일식 맥주가 세계 맥주 생산량의 약 70퍼센트를 차지하고 있다. 병맥주는 장기 보존을 위해 저온에서 살균, 효모의 활동을 중지시킨 것이다. 병 색깔을 한결같이 갈색이나 녹색으로 한 것은 맥주가 직사 광선에 노출되면 성분이 변하기 때문이다. 생맥주는 열처리를 하지 않아 효모가 살아 있기 때문에 맥주 고유의 맛과 향이 뛰어나다. 하지만 장기 보존이 어렵다는 단점이 있다.

조문수, 『세계의 요리와 유명 레스토랑』

문학 행사로 독일에 단체로 두 번 다녀온 적이 있다. 동행이 있었으므로 저녁마다 모여 맥주를 마셨다. 그런데 문단의 선배 한 분이 술에 취하면 내게 늘 이런 질문을 하는 것이었다.

　"윤형, 독일에선 왜 맥주가 물보다 싼 거죠? 이거 말이 된다고 생각해요?"

　"유럽 지역의 물은 대개 석회수라 그냥은 못 마신다고 하더군요. 그러니 물값에 정수 비용이 포함돼 있겠죠. 독일에서 맥주가 발달한 이유도 물이 안 좋기 때문이라고 들었습니다."

　"그럼 맥주를 만드는 데 사용하는 물은 질이 안 좋다는 뜻이네요. 그렇잖아요."

　나는 거기서 말문이 막혔다. 독일에서 떠나오기 전날 밤, 그분이 호텔 방에서 짐을 꾸리고 있던 나를 구내 전화로 불러냈다. 마지막으로 맥주나 한잔 더 마시자는 말씀이었다. 라운지로 내려가 보니 혼자 맥주를 드시고 있었다.

　"윤형, 독일에서는 왜 물보다 맥주가 싼 거죠? 나 이거 꼭 알아야만 되겠어요."

　"제가 보기엔 비슷하던데요."

　"그게 무슨 말이죠?"

"1리터들이 생수 한 통이 우리 돈으로 약 사천 원이잖아요. 생맥주도 500시시 한 잔에 사천 원 정도구요."

"그래서요?"

"같은 값이라면 양의 차이가 있는 거죠."

내 딴에는 고민 끝에 한 얘긴데, 그분은 불쾌한 표정을 지었다.

"맥주 값은 한국과 비슷한데, 물값이 워낙 비싸다 보니 그런 느낌이 드신 것 같습니다."

하지만 이미 때가 늦었다.

"독일에서도 맥주 값이 물값보다 비싸다, 지금 그런 얘깁니까?"

"……."

"윤 형은 메타포를 잘 모르는군. 그래가지고야 무슨 시를 쓰겠어요?"

그분은 나를 시인으로 아셨던 모양이다. 그야 아무래도 상관없지만, 그분은 상대성이론에 관해 계속 말씀하셨던 것 같은데 나는 미처 알아차리지 못했다. 요점은 독일에서는 다른 물가에 비해 맥주가 싸다는 뜻이었다(두 번째 독일에 가서 만났을 때도 그분은 내게 똑같은 질문을 했다).

근래 독일식 맥주 체인점이 늘고 있다. '하우스 맥주'라고 이름 붙여 가게에서 직접 만든 맥주가 유행인 것이다. 대표적인 것이 독일의 한 지명을 딴 크롬바커 맥주다. 이는 경수(센물)를 사용해 만든 것으로 저온 발효 생맥주에 비해 향이 짙고 감미롭다. 흑맥주도 이 공법으로 만든다. 하지만 값이 비싸다. 국산 맥주에 비해 값이 두 배가 넘는다.

한때 나는 필스너 맥주를 즐겨 마셨다. 유럽에서는 보통 '필스'라고 부른다. 연수(단물)를 사용해 만든 라거 맥주로 향기가 다소 약하나 황금색 빛깔이 보기에 좋다. 취하면 아름답게 보이기까지 한다. 그 밖에도 세월이 흘러감에 따라 칭따오, 하이네켄, 쿨처, 람빅, 뢰벤브로이, 기네스, 카스, 하이트 등의 궤적을 그리며 맥주에 대한 선호도와 입맛이 조금씩 바뀌어갔다. 어쩌면 무질서해진 것인지도 모른다.

최근엔 국산 맥주를 주로 마신다. 그게 속 편하고 좋다. 이것저것 따져서 골라먹는 것도 번거롭고 귀찮다. 마침내 '아저씨'가 된 것일까? 또 하나 괄목할 만한 변화는 대학을 졸업한 뒤부터 잘 마시지 않던 소주가 다시 입에 당기기 시작했다는 사실이다. 이상하게 소주가 맛있다. 겨울철엔 말할 것도 없다. 주위 술꾼들에게 슬쩍 물어보니 그것도 역시 '아저씨 현상'이란다. 그렇다면 지금의 나는 맥주와 소주의 경계점에 서 있는 걸까?

나이가 들어가면서 슬슬 품위 유지에 신경 써야겠다는 생각이 들 때가 있다. 건강에 좋다는 레드 와인(술 중에서 유일하게 알칼리성이다)이나, 이른바 최고의 술이라는 브랜디로 바꿔볼 생각도 해본다. 그리고 가끔, 조금씩만 마시는 것이다. 실제로 나는 최근 몇 년 사이에 술을 많이 줄였다.

그리스 로마 신화에 나오는 주신酒神의 이름은 바쿠스다. 그런데 아직도 이런 꿈을 꾸곤 한다. 어찌 된 일인지 바쿠스 선생이 내 결혼식 주례를 보고 있다. 이윽고 결혼서약 순서가 되자 그가 엄숙한 목소리로 내게 물어온다.

"기쁠 때나 슬플 때나…… 평생을 늘 술과 함께할 겁니까?"

네, 라고 나는 망설이지 않고 대답한다. 나뿐만 아니라 결혼식장에서는 다들 그렇게 대답한다. 그러나 세월이 흐르다 보면 어느덧 그 서약의 기억은 점점 희미해지는 것이다.

그 탁함과 맑음에 대하여 막걸리와 청주

술 얘기를 하는 도중에 반드시 짚고 넘어가고 싶은 게 있다.

우리나라 사람들은 서로 잔을 주고받거나 돌려가며 술을 마신다. 우리만의 고유한 음주 문화며 오랜 전통이다. 이를 전문용어로 '수작 문화'라고 한다. 그 유래는 정확히 알 수 없다. 술잔에 독이 들어 있지 않다는 표시였을 수도 있고, 친근함과 결속감의 표현이었을 수도 있다.

이 수작 문화는 심심찮게 논란을 불러일으키곤 한다. 술을 못 마시는 사람에게는 자칫 강요하는 형식이 되기 때문이다. 여성들이 술자리에서 스트레스를 받는 것도 실은 이 때문이다. 수직적인 관계에서는 더욱 그렇다. 잔을 주면 안 받을 수 없고 받은 잔은 곧 비워 주인에게 돌려줘야 한다. 돌려주면서 두 손으로 공손히 술까지 따라야 한다. 다른 잔이 오면 또 마시고 비워서 돌려야 한다. 숨 돌릴 틈도 없이 그것이 계속 되풀이된다. 이게 도대체 무얼 뜻하는 걸까? 나 역시 한국인이지만 이 '술잔 돌리기 문화' 만큼은 개선되어야 한다고 생각한다.

대학 때부터 나는 과감하게 자작의 형식을 택했다. 이를 서양식의 '독작 문화'라고 한다. 자작이든 독작이든, 내가 마실 만큼 속도를 조절해가며 마시겠다는 뜻이었다. 어떤 경우라도 다른 사람의 강요에 의해 술을 마시고 싶지는 않았다. 누구나 자신의 상태를 살펴가며 마실 권리가 있다고 젊은 날의 나는 생각했다. 자칫 비감하게 들릴지 모르겠으나, 나는 술을 자주 마시는 편이었으므로 그때마다 자신을 컨트롤할 필요를 느꼈다. 그 때문인지 나는 대학을 졸업할 때까지 술에 취해 남한테 주정을 부린다거나 실수를 저지르는 일을 하지 않았다. 물론 거기엔 필연적으로 대가가 따랐다.

남의 잔을 받지도 않을뿐더러 따라주지도 않으니 내가 낀 술자리는 늘 분위기가 어색했다. 가령 여러 사람이 모여 화투를 치는 자리에서 번번이 '패스'라고 앵무새처럼 중얼거린다고 치자. 화투판이 뭐가 되겠는가. 물론 술잔을 돌리는 방향도 화투를 치는 방향과 같다. 그때마다 나는 원성을 샀다. 건방지다, 오만하다, 참여의식이 없다, 그럴 테면 집에 가서 혼자 마셔라…….

술자리에서 나는 기피의 대상이었다. 80년대에 대학을 다니면서 도대체 '참여의식'이 없다는 것이다. 나는 점점 혼자 술을 마시는 사람이 되어갔다. 그러니 더더욱 남한테 실수를 할 일이 없었다. 오늘도 독작이로군, 하며 스스로 마음을 달래가며 술을 마셨다. 그래서 일찌감치 '혼자 조용히 마시는 술맛'을 알아버리고 말았다. 지금도 나는 대개 혼자서 술을 마신다.

대학을 졸업하고 직장생활을 시작하며 가장 먼저 겪은 '문화 충돌'도 역시 술자리에서 일어났다. 신입사원 환영회 때 1차로 간 삼겹살집에서였다. 옆에 앉아 있던 과장이 내게 먼저 술잔을 내밀었다. 역시 화투 치는 방향이었다. 나는 얼결에 이렇게 내뱉고 말았다.

"저는 자작합니다."

그러자 삼겹살이 타오르는 방 안에 일순 침묵이 고이며 입사동 기들의 시선이 모두 내게로 쏠렸다.

"그래도 받아."

과장이 빈 술잔을 든 채 말했다.

"자작, 할게요."

지루한 침묵이 계속됐다. 잠시 후, 과장이 내 옆에 앉아 있던 동료에게 술잔을 넘겼다.

거기서 끝났으면 좋았으련만, 그로부터 십 분쯤 뒤에 이번엔 테이블 건너편에 앉아 있던 부장이 내게 빈 잔을 내밀었다. 아마도 나를 길들이기 위함이었으리라.

"받지."

나는 입을 다문 채 그대로 앉아 있었다.

"안 받을 거야?"

나는 끝내 받지 않았다. 그제야 여기저기서 낮게 웃음이 터져 나왔다.

"특이한 친구로군. 뭐, 일관성이 있다는 거겠지?"

다음 날 사내 식당에서 어떤 아리따운 여성이 내게 말을 걸어 왔다. 그녀는 입사동기 중 한 명이었다.

"어제 왜 그랬어?"

"내가 뭘?"

"일부러 잔을 안 받은 거냐구."

"그건 아니야."

"근데 왜 그랬어?"

"거기에 무슨 뜻이 있겠어. 그냥 자작이 몸에 배서 그런 거지. 난 술잔 돌리는 거 싫어하거든."

"하지만 그래선 안 된다는 거 몰라? 앞으로는 그러지 마. 처음부터 찍히면 두고두고 직장생활 괴로운 거 몰라? 이미 찍힌 것 같긴 하지만."

그 후로 나는 타협했다. 첫 잔만 서로 따라주고 그다음부터는 각자 마시기로 한 것이다. 하지만 잔을 돌리는 일만큼은 하지 않았다. 그녀의 말대로 직장생활이 두고두고 힘들었음은 물론이다. 동기들 모임에서도 마찬가지였다. 오직 그 아리따운 여성만이 그때마다 은근히 내 편을 들어주었다. 하지만 그녀도 결국엔 떠나가고 말았다. 나처럼 '꽉 막힌 남자'와 연애할 생각을 하니 숨이 막혔던 모양이다.

지금도 나는 술자리에서 자작을 원칙으로 하고 있다. 잔을 돌리는 일도 여전히 꺼린다. 내가 생맥줏집을 즐겨 가는 이유도 실은 잔 돌리는 일을 피하기 위해서다. 생맥주를 마실 때는 아무도 잔을 돌리지 않는다.

하지만 이제 부득이한 상황에서는 잔을 받기도 하고 그 잔을 비워 주인에게 돌려주며 술을 따르기도 한다. 뒤늦게 체념했다고 볼 수도 있다. 그러나 술잔 돌리기는 여전히 많은 문제를 내포하고 있다. 최근 술자리에서 만난 여성 소설가가 자신이 마시고 비운 잔을 내게 돌렸다. 어쩔 수 없이 나는 그 잔을 받고 비워 이윽고 그녀에게 돌려주었다. 그 과정에서 그녀가 다급히 외쳤다.

"윤대녕 씨! 물수건으로 잔 닦지 마세요. 저 물수건 싫어하거든요?"

나도 물수건을 싫어하기는 마찬가지다. 그녀는 내게서 돌려받은 잔을 화장지로 다시 닦아냈다.

그게 한갓 음주 습관이라 할지라도 한 사회의 집단무의식과 풍습은 이처럼 쉽게 변하거나 사라지는 게 아니다. 거기에 맞서는 것은 얼핏 용기 있는 행동인 것 같지만 결과적으로는 독선적이고 미련하다는 얘기나 듣게 된다.

주막이 유행하던 옛날엔 '수작'이 나름의 의미가 있었을 것이다. 그것이 농주農酒인 막걸리일 때는 노동의 피로를 서로 나눈다는 의미에서 몹시 아름다운 풍속이었다. 그 자체가 평등함의 확인이 되기도 한다. 하지만 오늘날 도시에서 농경사회의 그 평등함은 사라진 지 오래다. 막걸리는 술인 동시에 허기를 메우는 음식이었다. 말하자면 수작 문화는 곧 막걸리 문화였던 것이다.

우리에게 막걸리는 역사가 가장 오래된 술이다. 단맛, 신맛, 쓴맛, 떫은맛이 잘 어울려야 좋은 막걸리라고 한다. 탁주란 본디 고두밥에 누룩을 섞어 빚은 술을 오지그릇 위에 걸치게쳇다리를 걸고 체로 걸러 뿌옇고 텁텁하게 만든 술이다. 막걸리는 '막 걸렀다'에서 온 말이고, 뿌옇고 텁텁하여 탁주濁酒라고도 부른다.

탁주는 삼국시대부터 일반적으로 마셨다고 알려져 있다. 조선시대에는 탁주를 '배꽃이 필 때 빚는다' 하여 이화주梨花酒라 하였는데, 안동 지방에서 담그기 시작했다고 전한다.

나의 막걸리 역사는 길지 않다. 고등학교 때 문우들과 어울려 마시던 술이 대개 막걸리였으나, 대학에 들어가서부터는 거의 마시지 않았다. 웬일인지 막걸리를 마시면 속이 더부룩하고 걸핏하면 체하곤 했다. 나는 술을 마시고 토한 적이 없는데, 막걸리를 마시면 가끔 토하기까지 했다. 막걸리는 역시 노동 후에 마셔야 소화 흡수가 잘 되는 모양이다. 그러기에 농주라 불렀는지도 모르겠다. 그런데 내가 요즘 막걸리를 마시는 건 무슨 까닭일까? 나이가 들어가면서 오히려 노동의 강도가 높아진 걸까?

청주는 발효와 숙성이 끝난 후 술독에 용수를 박아 걸러낸 술이다. 그래서 맑다. 맑아서 '청주淸酒'라 부른다. 한편 청주는 약주藥酒라고도 하는데, 여기엔 그럴 만한 유래가 있다. 조선시대에 흉년이 들면 그때마다 금주령이 내려졌다고 한다. 그러자 일부 특권층(양반)에서는 약재를 넣어 술을 만들어 먹었다. 환자가 마시는 청주는 약으로써 허용되었기 때문이란다. 어느 시대에나 금주법을 어기는 사람들이 있었던 걸 보면 역시 술이 좋긴 좋은 모양이다.

언제부턴가 '오뎅바'라는 게 유행하고 있다. 일본식 술집으로 갖가지 어묵을 안주로 청주나 맥주를 파는 곳이다. 그때그때 어묵을 골라 먹을 수 있고 잔술을 팔기 때문에 특히 여성들한테 인기를 끌고 있는 것 같다. 안 그래도 겨울엔 따끈한 청주 한 잔이 그리울 때가 많다. 나도 한때는 작업실 옆에 있는 '오뎅바'에 들러 맥주나 청주를 가볍게 마시고 집으로 돌아가곤 했다. 따끈한 청주를 입으로 가져가면 먼저 코로 향기가 화악 스민다. 그 냄새에 피로가 절로 풀린다. 어묵 국물까지 마시면 얼었던 몸도 함께 풀린다. 만 원에서 이만 원 정도면 적당히 마시고 나올 수 있다.

청주를 주문할 때 우리는 대개 이렇게 말한다.

"여기 사케 한 잔요." 혹은, "여기 정종 한 잔 더요."

'사케'는 물론 청주의 일본어 발음이다. '히레 사케'는 복어 꼬리를 태워 잔 위에 띄운 것이다. 그런데 '정종'은 무슨 뜻일까? 그것도 청주의 다른 이름일까? 맞기도 하고 틀리기도 하다. 결론적으로 말하면, 정종正宗은 일본에서 생산하는 청주의 이름(상표) 중 하나다. 실제로 우리가 정종을 주문했을 때, 일본산 청주인 정종을 갖다주는 경우는 드물다. 어느 술집에서든 대개 월계관月桂冠이라는, 일본의 한 청주회사에서 생산한 술을 팔고 있기 때문이다. '월계관'은 일본의 대표적인 대중주 가운데 하나다.

청주는 우리나라에서 일본으로 전해진 술이다. 서기 3세기경 백제 사람 인번仁番이 직접 일본에 건너가 전수했다고 한다. 오늘날에도 인번은 일본에서 주신酒神으로 모셔지고 있다. 그런데 일제강점기 때 일본인은 우리의 탁주나 청주를 모두 '조선주'란 이름으로 통일해버리고 자기들이 생산한 것만 청주라 불렀다고 한다. 이 때문에 청주를 일본의 고유한 술인 것처럼 종종 오해하고 있는 것이다.

전통적인 의미에서의 청주는 찹쌀로 빚은 술이다. '경주법주'가 그 대표적이라 할 수 있다. 그렇다면 명천 두견주, 한산 소곡주, 청양 구기자주, 계룡 백일주, 해남 진양주, 문경 호산춘, 김천 과하주 등은 어느 술에 속하는 걸까? 간단히 말해 모두 청주인 동시에 약주다. 이제부터라도 찹쌀로 담근 것은 청주, 거기에 약재를 섞은 것은 약주로 구분해 부르는 게 바람직하지 않을까 싶다.

갈색 대두병에 담신 '백화수복'이란 술을 기억할 것이다. 청주의 생산지로 유명한 군산에서 생산했던 오랜 전통의 대중주다. 술을 드시는 어른이 있는 집안이라면 부엌 선반에 늘 이 술병이 하나쯤 있었다. 주전자에 청주를 붓고 아궁이 불에 적당히 데워

저녁상에 반주로 올려놓았다. 그런데 그것을 우리가 '정종'이라
고 부를 수는 없지 않을까?

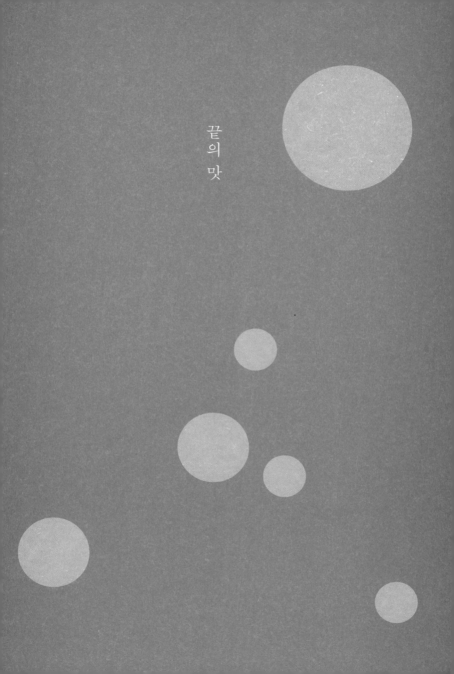

끝의
맛

더 늦기 전에.

더 많은 이 땅의 아름다운 풍경과

더 많은 궁휼한 음식들이 어머니의 여생과

편안히 함께했으면 좋겠다.

생선회들

낚싯대를 들고 바다에 나가는 사람이라면 누구나 잡기를 바라는 물고기가 있다. 감성돔, 참돔, 뱅에돔, 돌돔이 그것이다. 모두 돔 과에 속한다는 공통점이 있다. 이들 물고기에 그토록 집착하는 이유는 뭘까? 간단하다. 맛이 좋기 때문이다. 몇몇 물고기를 제외하면 돔 과는 모두 고급 어종에 속한다. 그만큼 잡기도 힘들고 개체수도 다른 물고기에 비해 적다.

감성돔

감성돔은 지방에 따라 여러 이름으로 불린다. 감시, 감생이, 가문돔 등등. 제주도 애월에 가문동이란 해안 마을이 있는데, 역시 겨울철에 감성돔이 많이 잡히는 곳이다. 낚시꾼이라면 누구나 감성돔을 일급 대상어로 지목한다. 일단 감성돔을 잡아야 낚시꾼으로 대접해줄 정도다. 크기도 30센티미터 이상은 돼야 한다. 내 주위의 어떤 사람은 바다낚시 경력이 오 년이나 되는데, 지금껏 단 한 마리의 감성돔도 잡아보지 못했다.

낚시꾼들이 자주 쓰는 말 중에 '운칠기삼運七技三'이 있다. 운이 따라줘야 대상어를 잡을 수 있다는 뜻이다. 기술의 몫은 고작 3할뿐이다. 이만하면 거의 도박 수준이다. 실제로도 그렇다고 할 수 있다.

감성돔은 주로 남해안 다도해 지역에 서식한다. 먹이 활동에 적합한 조건을 갖추고 있고 은신처가 두루 산재해 있기 때문이다. 상대적으로 동해나 서해는 감성돔을 만나기 힘들다. 산란을 위해 올라오는(오름 감성돔) 봄철 한때에 잠깐 잡히는 정도다. 씨알도 남해안에 비해 작은 편이다.

우리나라 감성돔의 최대 서식지는 네 개의 유인도와 서른여덟 개의 무인도로 형성돼 있는 추자군도다. 수심이 깊고 조류 소통이 좋아 거의 일 년 내내 감성돔 낚시를 할 수 있는 곳이다. 해마다 60센티미터 이상 되는 감성돔 최대어를 배출하는 곳도 역시 추자도다.

감성돔은 일명 '바다의 왕자'로 불린다. 생김새부터가 그에 걸맞게 생겼다. 찬란한 은회색 몸통에 날카로운 지느러미를 곧추세우고 있는 모습을 보면 카리스마가 느껴질 정도다. 간혹 영물이란 표현을 쓰는 사람이 있는데, 이는 좀 과장된 말이고 영리한 것만은 틀림없다. 입질을 유도해내기가 무척 힘든 것이다.

무엇보다도 회 맛이 기가 막히다. 뽀얀 미백색 살결에 울긋불긋한 무늬가 일단 눈을 황홀하게 한다. 한 점 한 점 집어 먹을 때마다 바닷속의 신선함이 그대로 전해진다. 차지고 꼬득거리는 살을 씹어 삼키고 나면 이윽고 야릇한 향미가 입 안에 남는다. 회를 뜨고 남은 머리와 몸통은 굵은 소금을 뿌려 구워 먹으면 이 또한 별미다. 매운탕으로 끓여 먹어도 좋다. 껍질은 뜨거운 물에 살짝 익혀 양념 간장이나 초고추장에 찍어 먹는다. 깔끔하면서도 고소한 맛이 난다.

횟집에 가면 수족관에서 간혹 감성돔을 볼 수 있다. 자세히 보면 25센티미터 정도로 크기가 일정하다. 이는 양식이라고 보면 된다. 감성돔은 25센티미터까지는 암수 한몸으로 빨리 자라지만, 그 후엔 대부분 암놈으로 변하면서 성장 속도가 점차 느려진다. 그러므로 양식장에서는 생산 원가를 고려해 25센티미터가 되면 횟집에 팔아넘긴다. 자연산 감성돔은 1킬로그램 기준으로 횟집에서 보통 십오만 원을 받는다. 그럼에도 해안 지방에 살지 않는 한 자연산 감성돔을 맛보기란 무척 힘들다. 자연산 감성돔이 먹고 싶어 바다낚시를 다니는 사람도 무수히 많다. 대개는 출조 비용이 더 많이 들지만.

참돔

참돔은 '바다의 여왕'으로 불린다. 분홍빛의 화사한 어체가 몹시 아름답다. 몸통에 사파이어 빛의 선명한 점들이 불규칙하게 박혀 있어 더욱 고고한 자태를 풍긴다. 그런데 숨이 끊어지면 신기하게도 이 사파이어 빛의 점들은 사라져버린다. 그 이유를 아직도 모르겠다.

참돔은 쫄깃하면서도 부드럽게 씹히는 회 맛이 일품이고 거기에 달착한 향미가 더해져 누구나 좋아한다. 참돔은 여름 어종으로 성장 속도가 빠른 편이다. 감성돔이 70센티미터 이상은 크지 않는 데 비해 참돔은 1미터 이상까지도 성장한다. 겨울에도 가끔 참돔이 낚여 올라오는데, 여름 것에 비해 살이 훨씬 쫄깃하고 감칠맛이 난다.

참돔은 어느 횟집에서나 흔히 볼 수 있다. 양식에 적합하기 때문이다. 그러나 자연산과 비교해보면 양식은 색깔이 거무스레하고 분홍빛이 선명하지 않다. 또한 백태가 낀 것처럼 눈빛이 흐리고 지느러미도 온전하지 않은 게 많다. 좁은 울타리에 가둬놓고 키우다 보니 나타나는 현상이다. 낚시를 하다 보면 가끔 이렇게 때깔이 좋지 않은 참돔이 올라온다. 양식장에서 탈출한 참돔이다. 이를 '탈참'이라고 부른다.

참돔은 감성돔에 비해 회 값이 다소 저렴한 편이다. 자연산도 1킬로그램 기준으로 팔만 원 정도면 먹을 수 있다. 그렇다고 회 맛이 감성돔에 비해 크게 떨어지는 것은 아니다. 사실 양식 감성 돔을 먹느니 자연산 참돔을 먹는 게 한결 낫다.

재미난 것은 중국에서는 감성돔보다 참돔을 선호한다는 사실 이다. 참돔이 붉은빛을 띠고 있기 때문이다. 중국인은 노란색과 붉은색을 유난히 좋아하는데, 그것이 바로 부富를 상징하기 때문 이다. 한편 일본에서는 감성돔, 참돔보다 벵에돔을 선호한다.

벵에돔

벵에돔은 '바다의 흑기사'라는 별명을 가지고 있다. 몸 빛깔이 검기 때문이다. 그러나 이는 40센티미터 이상의 대물급인 경우 고, 35센티미터까지는 쑥색 혹은 녹색을 띤다. 주로 해초를 먹고 자라서 그럴 것이다. 일본인이 벵에돔에 비해 감성돔이나 참돔을 낮게 평가하는 이유는 이들이 잡식성이기 때문이란다. 그러나 벵 에돔 역시 새우와 해조류를 함께 먹고 산다. 그럼에도 일본인이 벵에돔을 일급 어종으로 내세우는 이유는 뭘까? 벵에돔의 개체수가 일본에 풍부하기 때문이 아닐까.

　우리나라는 일본 구로시오 난류의 영향을 직접적으로 받는 제주도가 벵에돔의 주 서식지다. 그중에서도 마라도와 가파도는 대물 벵에돔의 산지로 유명하다. 남해안에서도 벵에돔이 배출되고 있으나, 제주도에 비하면 크기나 개체수가 크게 못 미친다.

　십여 년 전까지만 해도 우리나라에서는 벵에돔을 잡어 취급했다. 벵에돔이 낚여 올라오면 곧장 바다로 돌려보내거나 버렸다. 감성돔, 참돔에 비해 맛이 떨어진다고 생각했던 것이다. 옛날엔 제주도에서 벵에돔을 잡아 밭에다 거름으로 주었다고 한다. 그만큼 개체수가 많았다는 뜻이다.

　그러나 오늘날엔 사정이 달라졌다. 제주도에서도 벵에돔은 그리 흔하게 잡히지 않는다. 아니, 여전히 흔하다. 하지만 30센티미터 이상은 배를 타고 갯바위에 나가도 쉽게 구경하기 힘들다. 제주도에 사는 동안 나는 가파도나 마라도로 낚시를 자주 다녔다. 하지만 빈손으로 돌아오는 날도 허다했다. 함께 배를 타고 출조를 나갔던 사람들도 마찬가지였다.

　벵에돔의 맛은 어떨까? 내 입맛으로는 감성돔이 그중 낫고 참돔과 벵에돔은 비슷하지 않나 싶다. 벵에돔회에서는 흔히 '풀 냄새'가 난다고 한다. 사실이다. 앞에서도 언급했지만 주로 해초를 먹고 자라기 때문이다. 크기가 작을수록 살이 무르고 풀 냄새가 진하다. 난류성 어종이라 살이 무른 이유도 있다. 그러나 30센티미터 이상 크기가 되면 풀 냄새는 사라지고, 40센티미터 이상이 되면 살에서 향기로운 냄새가 난다. 몸 빛깔도 크기에 따라 점점 검게 변한다. 육질도 쫄깃해져 씹는 맛이 감성돔 못지않다. 체장이 45센티미터 이상이 되면 벵에돔은 몸통이 거의 검은색으로 바뀐다. 생선은 클수록 회 맛이 좋다. 감성돔도 마찬가지다. 하지만 참돔은 70센티미터 이상이 되면 회 맛이 다소 거칠어진다.

횟집에 가면 유비끼, 히비끼라는 말을 자주 쓴다. '유비끼'는 칼로 포를 떠서 뜨거운 물에 껍질 부위를 살짝 데쳐 썰어 먹는 방법을 두고 하는 말이다. 껍질과 함께 씹으니 한결 쫄깃한 맛이 난다. '히비끼'는 껍질을 불에 그을려 썰어 먹는 방법이다. 살까지 익지 않도록 껍질만 살짝 익히는 것이 솜씨라면 솜씨다. 잘못 익히면 회에서 비린내가 나므로 어느 정도의 경험이 필요하다. 유비끼든 히비끼든 일본말이므로 우리네 일상에서는 더 이상 쓰지 않았으면 싶다. 찾아보면 어디 다른 말이 있을 것이다.

벵에돔은 제주도와 남해안 일부 지역에서만 맛볼 수 있다. 이유는 모르겠으나 서울에서는 찾아보기가 무척 힘들다. 도시인들에게는 그 이름이 아직 익숙하지 않기 때문일까? 아니면 서울로 올라오기 전에 산지에서 다 소비되는 걸까?

돌돔

얼마나 성질이 난폭하면 '바다의 폭군'이라고 했을까. 돌돔은 감성돔, 참돔, 뱅에돔보다 고급 어종으로 친다. 회 값도 다금바리와 같다. 1킬로그램 기준으로 십팔만 원에서 이십만 원 정도 한다.

돌돔 낚시꾼은 따로 있다. 낚시 방법이 감성돔, 참돔, 뱅에돔과 다르다. 돌돔 낚시야말로 오랜 기다림과 엄청난 노동이 뒤따른다. 오죽하면 '돌돔 낚시'를 가리켜 '노가다 낚시'라고 하겠는가. 소라, 성게, 개고둥, 전복을 미끼로 쓰기 때문에 장비로 쇠망치까지 들고 다녀야 한다. 바위에 구멍을 뚫고 무거운 경질 낚싯대를 설치한 다음 한없이 기다려야 한다. 잡을 확률은 겨우 10퍼센트 정도다.

돌돔은 흰색 바탕에 세로로 검은 줄무늬가 일곱 개 있다. 그래서 일명 줄돔이라고 한다. 성장할수록 이 줄무늬는 점차 사라져 몸통이 거무스름한 은회색으로 변한다. 그러나 주둥이만은 항상 검은색이다. 돌돔은 가히 바다의 호랑이라고 할 수 있다. 급작스럽게 깊어지는 암초 지대에 살며 일몰 때 산란하는 것으로 알려져 있다. 돌돔이야말로 영물이라 불러도 아마 손색이 없지 않을까.

나도 돌돔은 딱 두 마리밖에 잡아보지 못했다. 다금바리처럼 돌돔은 주둥이부터 내장, 머리, 껍질 등 모든 부위를 회로 썰어 먹는다. 각 부위에서 느껴지는 맛이 저마다 다른 까닭이다. 회 색깔은 완전 미백에 붉은빛의 얼룩무늬가 아주 선명하다. 회 맛은 감성돔과 참돔과 벵에돔을 모두 섞어놓은 것 같다.

횟집에 가면 역시 수족관에서 돌돔을 볼 수 있다. 모두 15센티미터 안팎으로 관상용으로나 쓰면 딱 좋을 크기다. 활어는 30센티미터에 못 미치면 대개 회를 뜨지 않는다. 혼자 먹을 만큼도 회가 나오지 않기 때문이다. 그렇다면 그 돌돔 새끼들은 어떻게 먹는 것일까? 돌돔은 구워 먹기엔 사실 아까운 물고기다.

감성돔, 참돔, 벵에돔, 돌돔은 값도 비싸려니와 어디서나 쉽게 먹을 수 없기에 더욱 귀한 회로 알려져 있다. 자연산은 말할 것도 없다. 낚시를 하는 사람들도 알고 보면 사정이 비슷하다. 대개는 잡는 비용이 더 들기 때문이다. 그러니 그저, 어쩌다, 가끔 먹는다고 생각하면 되지 않을까 싶다.

회를 좋아하는 미식가들은 이렇게 말하곤 한다. '양식 물고기를 먹느니 차라리 참치회를 먹겠다'고. 일리가 있는 말이다. 참치는 원양어선이 잡아오는 순 무공해 자연산이니까.

하지만 이는 잘못된 상식이다. 참치도 스페인이나 일본에서 양식에 성공한 지 이미 오래다. 우리나라도 참치 양식에 힘을 쏟고 있는 중이다.

참치회 중 으뜸으로 치는 대뱃살쪽 뱃살은 돌돔회만큼 비싸다. 며칠 전 회전초밥집에 갔는데, 옆자리에 앉은 중년의 신사가 참치 대뱃살 초밥만 열 점을 시켜 불과 십 분 만에 먹어치우고 밖으로 휑하니 나가버렸다. 그것도 혼자서.

그때 옆에 앉아 있던 아내가 젓가락을 든 채 이렇게 중얼거렸다.

"별로 멋있어 보이지 않네요."

"글쎄."

"별로 멋있어 보이지 않아요."

"무슨 사정이 있겠지."

사정이야 알 리 없지만 때로 그럴 수도 있다고 나는 생각한다. 어떤 날은 남이 아닌 바로 나 자신에게 대접해주고 싶은 날이 있

는 것이다. 가령 혼자서 보내는 쓸쓸한 생일도 그런 날 중의 하나
가 되겠지.

어머니와 함께 먹고 싶은 음식

마지막 장에 이르러, 나는 수저에 대해 다시 생각해본다. 그것은 일심동체로서의 부부이기도 하지만, 또한 '어머니의 두 손'이라는 생각이 든다. 그렇다면 수저는 결국 어머니의 온몸이나 다름없을 것이다.

배 속에 있을 때 우리는 어머니가 정성스레 삼킨 음식을 탯줄을 통해 받아먹었다. 세상에 나와서는 어머니의 젖을 빨고 어머니가 손수 떠주는 음식을 먹으며 자랐다. 그리고 어느 날부터 수저질을 배우면서 우리는 어머니의 손을 거부하기 시작한다. 어린 자식의 그런 모습을 바라보며 세상의 어머니들은 어떤 생각에 잠길까? 가슴이 뿌듯하기도 하겠지만 동시에 섭섭한 느낌이 들지 않을까?

우리가 하루 세 끼씩 먹는 음식은 모두 어머니의 젖을 대신하는 것에 불과한지도 모른다. 알다시피 모유처럼 아기에게 완전한 음식은 없다. 우리가 매일 먹는 음식도 그렇게 완전한 걸까? 그렇지 않다. 수저질을 배운 순간부터 우리는 늘 불완전한 음식을 먹고 살 수밖에 없는 운명에 처한다. 그 불완전함이 곧 삶을 뜻하는 것이다.

대부분의 어머니들은 남이 차려준 음식을 대접받고 산 기억이

별로 없을 것이다. 여자가 어머니로 다시 태어나는 순간, 그런 기회는 사실상 사라진다. 적어도 내 어머니 세대까지는 그러했다. 명절은 어머니에게 노동절이나 다름없었다. 명절과 제삿날의 음식 만들기는 며칠씩 걸렸다. 그 음식을 먹는 시간은 불과 한 시간 정도밖에 걸리지 않는다. 남은 음식도 만든 사람이 먹기 일쑤다. 아까운 걸 알기 때문이다.

역설적으로 말해 어머니들은 음식에 관해 문외한이다. 어머니들이 알고 있는 음식은 자신이 만든 음식에 거의 한정돼 있다. 어쩌다 외식을 한다 해도 좀처럼 그 범위를 벗어나지 못한다. 기껏해야 고깃집이나 중국집이다. 나이가 들면 음식에 관한 취향도 보수적으로 변한다. 낯선 음식엔 그다지 끌리지 않는다. 생전 입에 대보지도 않은 푸아그라나 원숭이 골이나 캐비어를 먹고 싶다고 말하는 한국의 어머니는 아마 없을 것이다. 있다고 해도 극소수에 불과할 것이다.

우리 전통 음식인 애저찜과 용봉탕자라와 닭, 짚불 곰장어나 홍어회도 마찬가지다. 미식가들을 보면 십중팔구 남자다. 사람을 만날 일이 많고 여기저기 돌아다니며 이것저것 먹다 보니 저절로 입맛이 까다로워진 것이다.

나의 어머니도 한국의 보통 어머니에 속한다. 외식은 낭비라 생각하고 식당에 들어가면 우선 메뉴판에 적혀 있는 가격부터 확인한다. 여행을 가도 마찬가지다. 안 먹어본 음식은 일단 주문 대상에서 제외한다. 남편이나 자식이 먹자면 어쩔 수 없이 따라 먹는 정도다.

요즘 들어 나는 가끔 어머니와 여행을 하고 싶다는 생각이 든다. 함께 구경도 하고 조용하고 정갈한 곳에서 음식도 먹고 싶다. 효자들은 평소 어머니에 대한 얘기를 입에 잘 올리지 않는다. 한갓 말일지라도 늘 조심하고 귀히 여기며 말없이 숨기는 것이다. 나는 그와 같지 못해 이렇게 말하고 있는지도 모른다. 이제는 어느덧 내가 어머니에게 수저로 밥과 반찬을 떠드려야 할 때가 온 것일까.

강화도 꽃게찜

강화도에 가까운 사람이 살고 있어 가끔 들르곤 한다. 한동안 함허동천 옆에 집을 얻어놓고 소설을 쓰기도 했다.

강화대교를 건너자마자 왼쪽 해안도로로 접어들면 마니산으로 가는 길이 나온다. 가는 길에 초지진과 전등사가 있고, 이어 분오리 돈대를 지나면 진흙 해수욕장으로 유명한 동막리가 나온다. 숨을 돌릴 겸 차에서 내려 오른쪽으로 고개를 돌리면 문득 마니산이 보인다. 거기서 함허동천까지는 약 이십 분, 석모도로 건너가는 외포리 도선장까지 다시 이십 분이 걸린다.

외포리 조금 못 미쳐 도로 옆에 '서산 꽃게집' 간판이 보인다. 꽤나 유명해서 주말에는 빈자리를 찾아보기가 힘들다. 오래된 슬레이트집인데 안으로 들어가면 앉은뱅이 테이블이 여섯 개쯤 놓여 있다. 옆에 새 건물을 지어 '서산 꽃게집2'라고 간판을 달아놓기도 했다. 그런데도 사람들은 '서산 꽃게집1'을 먼저 찾는다. 역시 '원조'에 대한 강박관념 때문이지 싶다. 아니나 다를까. 새로 생긴 건물에서 먹어보았더니 왠지 맛이 덜한 느낌이다. 입맛의 간사함 탓이겠지만, 분위기가 좀 허술해야 옛맛이 느껴지는 모양이다.

간판에 '서산'이라는 지명을 쓴 것은 나름의 이유가 있을 것이다. 우선 '꽃게 하면 서산 꽃게'다. 서산은 '꽃게 무젓'으로도 유명한 지방이다. 속살만 발라서 양념에 버무린 생살 무침인데 충청도에서도 귀한 음식으로 친다. 어쩌면 서산 사람이 직접 운영하는 식당일 수도 있다.

이 집의 꽃게탕은 늙은 호박을 푸짐하게 넣는다. 된장과 고추장을 적당히 풀고 파, 어린 배추, 감자 등을 넣는 것은 기본이다. 얼큰하면서도 구수하고 꽃게 특유의 풍미가 감칠맛을 더한다. 매운탕용 수제비도 푸짐하게 들어가 있다.

꽃게찜은 양념을 하지 않고 그대로 솥에 쪄서 발라 먹는다. 꽃게는 이른 봄에 잡은 것이 속이 꽉 차 살이 실하다. 여름에 잡은 것은 산란을 한 다음이라 속이 허하다. 차라리 늦가을에 잡은 것이 한결 낫다고 볼 수 있다.

봄철이 되면 어머니는 꽃게탕이 먹고 싶다 하셨다. 어려서부터 가끔 듣던 얘기였다. 왜 이제야 그때 기억이 나는 걸까. 어머니는 젊으실 적 꽃게탕을 맛있게 먹어본 기억이 있었던 모양이다. 그게 언제쯤이었는지 알 도리가 없지만, 혹시 서산에 가서 드셨던 것은 아닐까?

강화도는 내가 사는 곳과 비교적 가까운 곳이다. 어머니가 올라오시면 그 참에 강화도에 가서 꽃게탕도 먹고, 외포리에 들러 노을이 지는 석모도 앞바다를 구경해야겠다.

선운사 앞 동백장호텔 한정식

동백장호텔은 전북 고창 선운사 입구에 있다. 그 주변에서는 가장 오래된 호텔이다. 생전 미당 서정주 선생이 해마다 한식寒食 때가 되면 서울에서 내려와 묵고 올라간 호텔이기도 하다. 나도 이 호텔에 머물며 소설을 쓴 적이 있다. 1996년 봄의 일이다.

그 후로도 동백꽃 필 무렵이면 내려가 하루나 이틀씩 머물다 올라오곤 했다. 호텔 안주인은 박희숙 씨로 서울 사람이다. 문학도였던 그녀는 숙명여대 국문과를 나와 결혼과 함께 고창 출신의 남편을 따라 이곳으로 내려왔다. 나와도 안면이 있어 내려갈 때마다 복분자술을 손수 챙겨주곤 한다.

일층 로비 옆에 있는 이 호텔의 식당은 꽤나 넓다. 애초에 단체 관광객들을 염두에 두고 지은 호텔이어서 그럴 것이다. 식당에서 일하는 사람도 열 명에 가깝고 음식도 매우 훌륭하다. 메뉴는 단 한 가지, 전통 한정식이다. 도지사도 단골이라는 전주의 '한밭식당'에도 가봤지만, 나는 이 집 한정식이 지금껏 남도에서 먹어본 중에 가장 훌륭하다고 느꼈다.

뚝배기에 부풀어오른 계란찜부터 입맛을 자극한다. 게다가 철 따라 나오는 각종 산나물에 조기구이, 갈치구이, 된장찌개가 더

할 나위 없이 사람 마음을 푸근하게 한다. 거기다 반주가 생각나면 풍천장어 한 접시와 복분자술을 추가하면 된다. 이렇게 차려놓고 밥값도 저렴한 편이다.

언젠가 동백장호텔 식당에서 상을 받아놓고 밥을 먹다가, 나는 수저질을 멈추고 밖을 내다보았다. 그때 갑자기 어머니 얼굴이 떠올랐던 것이다. '이 집 음식을 드시면 무척 좋아하실 텐데.' 잠깐 그런 생각을 했던 기억이 난다.

올해는 이미 늦었으니 내년 동백꽃이 필 때 어머니를 모시고 내려가 하룻밤 묵으면서 오랜만에 겸상을 해보고 싶다. 그 참에 선운사도 찬찬히 구경하고 가까운 변산온천에 들렀다 오면 더없이 좋지 않을까.

경주 기와 한우집

경주 보문단지로 들어가는 길에 개울 건너편으로 큰 기와집들이 늘어서 있다. 다리를 건너 가까이 가보면 한우 고깃집들이다. 불국사 아래에도 전통 깊은 '한국관'이 있지만 식당 위치만으로 보면 이쪽이 한결 운치가 있다고 볼 수 있다.

오래전부터 어머니는 이런 말씀을 하시곤 했다. 옛날 기와집에 살아보고 싶다고. 옛날 기와집이란 물론 전통 한옥을 뜻한다. 어머니의 말투에는 생의 쓸쓸한 염원이 담겨 있었다. 이제 조용히 여생을 보낼 곳을 찾고 있는 것이다. 그런데 안타깝게도 그럴 수 있을 것 같지가 않다. 옛날 기와집은 곧 고향을 뜻한다. 여자들은 늙어서도 고향으로 돌아가지 못한다고 하지 않았던가. 그것이 우리 세대 어머니들의 운명이자 숙명이다.

불교신자인 어머니는 절을 자주 찾는다. 그럼에도 아직 불국사에 가봤다는 얘기는 듣지 못했다. 환갑 때는 제주도에 다녀오셨다. 더 늦기 전에 어머니를 모시고 경주에 가봐야겠다. 신라 때 경주 남산엔 무려 천 개가 넘는 절이 있었다고 한다. 불국토佛國土 그 자체였던 것이다. 나 또한 속초와 함께 경주를 무척이나 좋아한다. 한때는 경주에서 살아볼 생각까지 했으니 말이다.

그 개울 건너편 커다란 기와집에서 한우 고기를 먹은 적이 있다. 천년 고도답게 경주는 고깃집조차 격조가 있었다. 마당은 한국의 전통 정원으로 꾸며놓았고, 문창살 창호지 속엔 마른 꽃잎이 박혀 있었다. 항아리 뚜껑에 물을 받아 꽃잎을 띄워놓은 것도 운치스러웠다.

방에 들어가 앉자 아사달을 닮은 새파란 청년이 주문을 받으러 왔다. 꽃등심을 주문했다. 잠시 뒤 머리가 하얀 노인이 참숯이 이글거리는 화덕을 방에 들여놓았다. 이어 정갈하게 차려입은 아주머니가 사기 쟁반에 생고기를 담아왔다. 마치 타임머신을 타고 신라시대로 돌아간 기분이었다. 고기 굽는 냄새가 빠져나가도록 문을 열어놓으니 석등이 켜진 정원이 내다보였다. 사치를 하고 있다는 느낌이 들었다. 그때 석등 너머로 어머니의 얼굴이 흐린 달처럼 떠 있는 게 보였다.

양파 생선초밥

여수에 내려갔다가 전에 횟집을 했던 낚시꾼한테 배운 음식이다. 일단 활어가 있어야겠지. 감성돔이든 참돔이든 상관없다. 다만 내가 잡은 물고기면 더 좋겠지.

우선 회를 뜨고 나서 양파를 반으로 자른다.

한 겹씩 나눈 양파 위에 따뜻한 밥과 회를 한 점 올려놓는다.

그리고 고추냉이 조금, 된장 조금, 마늘 조금, 풋고추 조금씩을 섞어 함께 먹는다.

평소에 회나 초밥을 못 먹는 사람도 이 '양파 생선초밥'만큼은 맛있게 먹는다. 된장과 마늘이 들어 있어 비리지 않고 달차근하며 매콤하고 상큼하다. 굳이 말하자면 한국인의 입맛에 딱 맞는 맞춤형 초밥이다. 회를 못 드시는 어머니도 이 '양파 생선초밥'은 몇 점 드시지 않을까?

더 늦기 전에, 더 많은 이 땅의 아름다운 풍경과 더 많은 긍휼한 음식들이 어머니의 여생과 편안히 함께했으면 좋겠다.